ものがたり洋菓子店　月と私

ひとさじの魔法

野村美月

ポプラ文庫

Contents

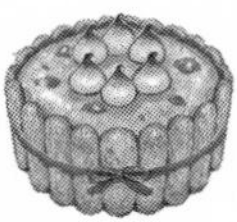

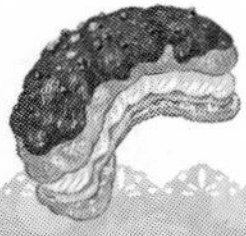

ものがたり洋菓子店 月と私

ひとさじの魔法

第一話

甘くって酸っぱくて、しっとり爽やかな満月のウイークエンド

Episode 1

住宅地に凜《りん》とたたずむ、その洋菓子店には、ストーリーテラーと美しいシェフがいる。

◇　◇　◇

疲れた、もう会社辞めたい。

岡野七子《おかのななこ》（三十三歳）は、冷房でむくんで重くなった足を引きずるようにして、夕暮れの陸橋をとぼとぼ歩いていた。

七子はレンタルルームの貸し出し業務をしている会社で、働いている。正社員ではなくパートで、今年で勤続十年になる。七子が大学を卒業した年はどこの会社も景気が悪く、就職できなかった。

正社員として入社するまでの腰掛けのつもりで働いていたら、そのままずるずる居着いてしまったという、我ながら情けないパターンだ。

当然、仕事に愛着もやりがいも持てず、特に今日はしつこいクレーム客の対応をして、ぐったりしている。

ブレーカーが何度も落ちて、せっかくのパーティーがしらけまくりだった、レンタル料を返せというのだが、話を聞いてみたら、あらかじめ決められた電力量を超える音楽機材を持ち込んでいて、そりゃあ落ちるわ、とげんなりした。

電力量は表示してあったはずですと説明しても、いいや、ブレーカーが落ちる可能性についての説明はなかった、不親切だ、怠慢《たいまん》だと、終業間際に電話で延々と文句を言われて、あんたじゃ話にならんから、上司を出せとわめかれ、本当にもううんざりだった。

せっかくの金曜日なのに誰とも会う予定はなく、お洒落《しゃれ》なカフェやショッピングを楽しむ気力もない。そもそもそんな贅沢《ぜいたく》をするお金もない。

パートとはいえ、都心勤めのためそこそこ収入は安定している。それでも同じ歳で正社員として勤務している女性と比べたら、年収ははるかに少ない。ボーナスもないし住宅手当も出ない。

転職しようかな……と、仕事で嫌なことがあるたびに思うものの、できるものならとっくにしている。

資格もなく特技もない三十過ぎの一人暮らしの女など、七子が望む企業は雇ってくれないだろう。

なら、結婚でもするか……。

これまたお決まりの妄想《もうそう》をするが、彼氏らしき男性は、さして売れているわけでもないフリーランスのデザイナーという、将来にまったく希望の持てない相手だ。彼と結婚するには、彼が無収入のときに七子が養うくらいの覚悟がなければならない。

しかも不規則な仕事のためすれ違いが多く、もう一ヶ月も会っていないし、連絡もとっていない。

とっくに彼氏ではないのかも。

「はーっ、夕飯作りたくない。なんか買って帰ろう」

そういえば、この先にケーキ屋さんがあったっけ。

住宅地のはずれにひっそりと建っている、まったく繁盛《はんじょう》していなそうな、しょぼくれた店で、ここケーキ屋なんだ……と、何度も前を通っているのに気づかなかったほど存在感が薄い。

以前、試しに入店してみたら、ケースに地味な茶色の焼き菓子が、色気も素っ気もなくぞろぞろ並んでいた。

奥が厨房《ちゅうぼう》のようで、そこから、いかにも伸びっぱなしといった感じの黒い髪を後ろにゴムでひとつにしばって、黒ぶちの分厚い眼鏡《めがね》をかけた、薄汚れたしわしわのコックコートの女性が、おずおず出てきた。

猫背でうつむきかげんで、なんというか、この世の不運を一身に背負っているような、じめじめした暗い空気をまとったこの女性が、製造と販売を一人でやっているようだった。

多分客がほとんど来なくて、一人でじゅうぶんなのだろうけれど。どう見ても接客に向いているとは思えず、いらっしゃいませ……という声も、ぼそぼそしていてよく聞き取れない。七子が品物を選んでいるあいだ、ケースの向こうに人形のように立ったまま、伏し目がちにじーっと七子を見て沈黙しているのも不気味だった。

なにも買わずに帰りたかったけれど、それが許されない雰囲気で、仕方なくカット売りのシンプルなパウンドケーキと、栗を焼き込んだタルトを買ったのだった。

なんだか……焦げていてまずそう……と思って食べた焼き菓子は、意外なことにどちらも悪くない味だった。

素朴《そぼく》でほっとするというか。

あれ？　美味《おい》しい。

でも、やっぱり地味で。

値段も安かったし、また行ってもいいかなぁ、と思いつつ、あの暗い店員や、じめじめした店内や、華やかさのかけらもない茶色いショーケースを思い出すと、いまひとつ足が向かなかった。

なんだか、行ったら不幸になりそうで。

「けどまぁ、今日はもうじゅうぶん不幸だし、久々に行ってみるか」

週末の金曜日の夕方でも、あのしょぼくれたケーキ屋なら、たくさん売れ残っていそうだし。

しょぼい自分には、正社員の素敵女子たちがインスタにアップするような、きらきらしたお高いケーキよりも、地味な茶色いケーキのほうがお似合いだろう。

そんな自虐的なことを考えながら、ケーキ屋があるほうへ歩いてゆく。

そういえば、店の名前はなんといったっけ？

確かケーキ屋らしくない変わった店名で……。

と、そのとき、爽やかな水色にレモンイエローの円を組み合わせた立て看板が、目に留まった。

『ストーリーテラーのいる洋菓子店
月と私は、こちらです』

「ん？」

とっさに立ち止まる。

看板の矢印は、あの地味でしょぼいケーキ屋があったほうを指している。

『月と私』――そうだ、店名もそんなふうだった。

でも、こんな看板あったっけ？

それに、ストーリーテラーとは？

昔々あるところに、とかお話を聞かせる人？　なんでケーキ屋にそんな人が？

そもそもこの看板、インスタ女子たちが好みそうなお洒落感を漂わせていて、あのしょぼい店とのギャップがありすぎだけど、リニューアルしたんだろうか？

もしくは店名はそのままで、別の店に変わったとか？

あの不幸を一身にまとった暗い女性店員や、地味な茶色いケースが、ちょっと外観を変えたくらいでどうにかなるものではないと思うのだが。

とりあえず、ここまで来たので進んでみる。

すると、住宅地の隅に埋もれそうになっていた地味で目立たない店の代わりに、綺麗《きれい》な空色の壁が現れた。

満月のように丸いレモンイエローの表札がかけてあって、そこに『月と私』と青い字で、お洒落に表記されている。

あのしょぼくれた店は、一体どこに？　と困惑しながら、ぴかぴかに磨かれたガラスのドアを開けて店内に入る。

とたんに、深みのある声が朗々《ろうろう》と響いた。


「いらっしゃいませ。ストーリーテラーのいる洋菓子店へようこそ」

わ！

七子はのけぞりそうになった。

目の前に、黒い燕尾《えんび》服に身を包んだ長身の男性が立っている。年齢は三十前後で、七子と同年齢くらいだろうか？

黒髪をオールバックにしていて、彫りが非常に深い。

美形だ！

そして執事だ！


「どうぞごゆっくり、お買い物をお楽しみくださいませ」


気品あふれる物腰で、深々と頭を下げられて、七子はますます困惑した。

「あの、こ、ここってケーキ屋さん、でしたよね」

「はい、今現在も、洋菓子を販売させていただいております」

店内を見渡すと、前に来たときは地味な茶色のケーキがぎっしり並んでいた古めかしいショーケースの代わりに、宝石店にあるような上からのぞき込めるタイプのケースが設置され、そこにホールケーキがひとつと、小さいケーキが二つ、美術品のように並んでいる。えらくお洒落なやつで、茶色くない！

「えっと、あの、執事喫茶になったとか？」

「いいえ、私は執事ではございません。当店のヴァンドゥール——販売員であり、ストーリーテラーでございます」

「ストーリーテラーって、具体的になにをする人のことなんですか？」

まだ混乱を引きずったまま尋ねると、店員はかしこまって答えた。

「商品のご説明や、それにまつわる物語を語らせていただき、お客さまのお買い物のお手伝いをいたします」

「物語……ですか？」

「はい。当店では甘いお菓子と一緒に、ストーリーをお持ち帰りいただきたいと考えております」

「ストーリーって、持ち帰れるものなんですか？」

「はい、たとえばこちらのケースをご覧ください。大変申し訳ないことに本日はお客さまが大勢いらして、この見本分の三品しか残っておりません。まずは三日月の形をしたこちらは、ムラング・シャンティをアレンジしたお品でございます」

店員が長い指をひらりと上に向けて示したのは、三日月の形をした白いケーキだった。品名は『レモンのムラング・シャンティ』とある。

「こちらは、さくさくと軽いメレンゲのあいだに、刻んだレモンピールを混ぜたミルク味の生クリーム《シャンティ》をたっぷりサンドしたものでございます。甘いメレンゲと爽やかなクリームのハーモニーに、それは優雅な気持ちになれる一品でございます」

「美味しそう……」

品名と形だけでは、どんなケーキなのかわからなかったものが、店員の流れるような説明を聴いていると、メレンゲのさくさくした食感やレモンピールの爽やかさが伝わってきて、セレブな気分になった。

「続いて、半月の形をしたこちら――タルト・オ・シトロンのご紹介をさせていただきます」

店員が、今度は半円形のタルトを示す。先端に焦げ目のついた丸いクリームがぽこぽこのっているのが可愛《かわい》い。

「当店では、ほろりと崩れる薄いパートシュクレに、アーモンドクリームを流して焼き上げ、その上にキュンと酸っぱい、酸味強めのレモンクリームを重ね、ふわふわと軽い無糖のメレンゲを丸く絞り、先端にバーナーで焼き色をつけて仕上げてお

ります。容赦《ようしゃ》のない酸味とアーモンドクリームの甘みがお互いを引き立て合い、無糖のメレンゲが両者をまとめあげます。ムラング・シャンティのさくさくしたメレンゲと、こちらの雲のようなふんわりしたメレンゲの食べ比べも一興でございます」

「うぅ……これも美味しそう」

口の中にレモンのキュンとした酸味が広がってゆくようで、つばがわいてくる。

「最後は、とっておきのお品です」

と店員が示したのは、直径十二センチほどのサイズの、丸いホールケーキだった。白い砂糖衣《さとうごろも》で包まれていて、三つの中では一番シンプルだ。

「満月をかたどったこちらは、ウイークエンドと申します。しっとりと焼き上げた素朴なバターケーキに、グラスアローといって、甘酸っぱいレモンの薄い砂糖衣をまとわせております。お口に入れていただいた瞬間、砂糖の衣がレモンの酸味と香りをただよわせながら、シャリッ、と儚《はかな》く鳴るような食感は格別です。当店のスペシャリテとして、おすすめさせていただいているお品でございます」

スペシャリテ！

艶《つや》やかな声で発音されたその言葉には、特別な魔法の響きがあるように感じられて、ドキドキしてしまった。

「でも、ちょっと大きいかも」

そうつぶやくと、店員はにこやかに続けた。

「お客さま、こちらは一週間程度お日持ちいたします。三日目からはますますしっとりし、お味の変化をお楽しみいただけます。また、このウイークエンドには週末に大切な人と分け合ってめしあがっていただくケーキ、という意味も込められているのですよ」

「週末、大切な人と？」

「はい。本日はまさに週末金曜日でございます。本日お持ち帰りいただくのに、ふさわしいお品かと存じます」

大切な人と週末に分け合って食べる、甘酸っぱいレモンのケーキだなんて素敵だ。

分け合う相手が、目の前で優雅な微笑《ほほえ》みを浮かべているこんな美形だったら、なお最高で天国だろう。

うっとりしかけて、現実に戻る。

「あはは、でもわたし一人暮らしだし、そういう相手もいないし」

一ヶ月音信不通の彼氏が、いるにはいるけれど。

もう彼氏じゃないかもだし。

胸がズキッとし、余計なことを言ってしまったことを後悔していると、店員はやわらかな口調で言った。

「それならなおのこと、お客さまにこそおすすめしたく存じます。お客さま、当店のウイークエンドには大切な人を引き寄せる、魔法がかかっているのでございます」

「ま、魔法……ですか?」

急に話がファンタジーになり、七子は面食らってしまった。

けれど、ただでさえ現実離れしたこの執事な店員の口から語られると、真実みを帯びてくる。

黒い瞳で七子を見つめ、歌うようにゆるやかに、執事が言う。

「これは、私が月から聞いたお話です」

深みのある艶やかな声で、まるで呪文のように。

バターと焦げた砂糖と、すっきりしたレモンの香りがただよう店内が、現実から切り離され、童話の国で魔法使いの言葉に耳を傾けている気持ちになる。

「あるところに、仕事にゆきづまりを感じている女性がおりました」

自分のことを言われたみたいで、ドキリとする。

「彼女は自分のことを、とても小さく無力で価値のないものに感じていて、なにをやってもうまくゆかないような気持ちにとらわれており、このまま今の仕事を続けるべきなのか悩んでいたのです」

また、ドキッとする。

それって、わたしのこと？

店員が七子について知るはずがなく、別の誰かのことを語っているとわかっているはずなのに、心臓が何度も跳ね、その物語に引き込まれてゆく。

「たとえ彼女が仕事をやめても、それを惜しむ人は誰もいない。でもそれは仕事を続けていても同じことではないか。彼女の仕事を気にかけている人など一人もいない。それどころか、この世の誰からも自分は必要とされていないのではないか。彼女はとても孤独を感じていました」


今や七子は、すっかり店員の話に聞き入っている。

わたしもそうだ。

わたしが会社を辞めても誰も困らないし、誰もわたしのことなんて気にも留めていない。彼からも、一ヶ月も連絡がない……。

「ある日、自分に絶望した彼女は、夜中に自転車で一人漕ぎ出しました。どこへ行《ゆ》くあてもなく、暗い道をペダルを踏んで、踏んで、踏み続けて、ひたすらに進んでいったのです」

七子も、いっそ失踪《しっそう》してしまいたいと、いつか冗談交じりに考えたことがある。ここではない別の場所でなら、生き直せる気がして。

孤独からも、惨《みじ》めさからも、人生に対する諦《あきら》めからも逃れられる気がして。

「しかし、どこまで行っても、彼女の孤独も、焦りも、消えることはありませんでした。夜の闇《やみ》が彼女の体を隠し、彼女はその中にとけてゆきそうな恐怖を感じながら、どこまでもどこまでも自転車を漕いでいったのです」

「やがて、空がしらじらと明けるころ。彼女の足はぱんぱんにはっていて、息も苦しく、頭は朦朧《もうろう》とし、もうペダルを踏む気力も残っておりませんでした。彼女がいたのは知らない場所でした。問題はなにひとつ解決していません。彼女は無力で孤独なままでした」

七子の胸も冷たくしぼんでゆく。
どこまで逃げても、結局なにも変わらないのだ。
それが現実で……。

「そのとき、誰かが優しくささやいているような気がして、彼女は振り返りました」

店員が声を少しひそめる。

おだやかな、優しい口調で――彼女が見たものをストーリーテラーが語る。

「そこにあったのは、白く明けてゆく空と、その中にあわあわと消えてゆこうとしている丸い月でした」

振り仰いだ白い空に、今にも消えようとしている淡い月。

そんな光景が、七子の脳裏にも広がる。

それは店員の語り口調のせいか、ひどく優しくあたたかく、そして清々しい――。

「この月は、ずっと自分についてきてくれたのだと、彼女は思いました。この夜だけではなく、昼間も――」

「月は、太陽の光や雲に隠れて私たちの目に見えないときも、昼も夜も変わらず誠実に、地球に寄り添っています」

「見えなくとも、いつもそこにいて、地球に暮らす人たちを見守っているのです」

「彼女の目に、頬《ほお》に、唇に、微笑みが浮かびました。その笑顔を、今はもう輪郭《りんかく》しか残っていない月に向けて、言ったのです。『そうだったわね。あなたが、わたしを見ていてくれたわね』と」

「彼女はもう、孤独ではありませんでした」

七子の心も静かに凪いでいる。体が澄んだ月の光で満たされてゆくような心地がしていた。

「そのあと、彼女は道ばたで朝市をしていた農家のかたから、新鮮なレモンを自転車のかごいっぱい購入して、またペダルを踏んで家に帰りました。月の光を映したようなレモンが転がる部屋で死んだように眠り、目覚めたあと、レモンを使ってケーキを焼きはじめました」

店員の唇に、見惚《みほ》れるほど晴れやかな笑みが広がる。ライトに照らされてきらきら光るショーケースのほうへ優雅に手をさしのべ、魔法の言葉を紡《つむ》ぐ。

「それがこのウイークエンドでございます」

甘酸っぱいレモンの砂糖衣でグラスアローした月のように丸いケーキを、七子はあらためて見つめる。

まるで空に浮かんでいた優しい月が地上におりてきて、甘いお菓子になったみたいな。

「地球に寄り添う月のように、お客さまの日常に寄り添うお菓子を。そんなシェフの願いが込められております。そして月に引力があるように、当店のウイークエンドには、お客さまの大切なかたを引き寄せる魔法がかけられているのでございます」

ストーリーテラーが物語を終える。

「どうぞ、お客さまのお好みのお品を」

艶やかな声で告げられて、七子は自然と口にしていた。

「ウイークエンドをください」

魔法がかかった地上の月を、持ち帰りたくなったのだ。

店員が、

「かしこまりました」

とお辞儀をし、うやうやしい手つきでショーケースから丸い月を出し、「こちらは見本となりますので、割引させていただきますね」と白いケーキ箱に入れてゆく。

店員の肩越しに見えるカウンターの奥は、一面ガラス張りになっていて、中がすっかり見渡せる。そこでシェフらしい女性が作業をしていることに、七子は初めて気づいた。

執事な店員のインパクトがあまりに強すぎて、そちらに目がいかなかったのだ。

今、あらためて厨房を見て、七子は本日一番の驚きに出会うことになった。

それはガラスの向こうに、月の女神のような美しい女性がいたことだった。

女らしい細くなよやかな体に添うような、清楚《せいそ》な白いコックコートを着て、ゆるめにウェーブのかかった品のある茶色の髪を頭の後ろで綺麗にまとめている。すっと伸びた首筋は白く、細い顎《あご》も、花びらのような唇も、通った鼻筋も、優しい眉の形も、おだやかな瞳も、すべてが美しく、清らかな輝きを放っている。

このとんでもない美人が、この店のシェフ!?

七子が前にケーキを買ったときに接客をしていたシェフらしき人は、伸ばしっぱなしの黒髪をゴムで結んだ、猫背に黒ぶち眼鏡で、この世の不幸を一身に背負ったようなしょぼくれた女性だった。

シェフが変わったのだろうか？

それともまさか、あの汚れたぶかぶかのコックコートを着ていた、地味でもっさりした女性が、七子が今見ているこの美女!?

だとしたら、一体どんな魔法がかけられたら、ここまで変わるのだ。

唖然《あぜん》としたまま会計をすませ、水色の紙袋に入ったウイークエンドを受け取る。

「ありがとうございました。またのお越しをお待ちしております」

執事な店員が優雅にお辞儀をしたとき、ガラスの向こうで美しいシェフも砂糖菓子のように甘く優しく微笑み、七子に向かって小さく会釈《えしゃく》してくれた。

◇　◇　◇

「ただいま」

アパートの三階にある狭いワンルームに帰宅して、手を洗ってお気に入りの部屋着に着替えたあと、七子はとっておきの紅茶と、普段は使わない綺麗な花模様の皿を、折りたたみの小さな白いテーブルに並べた。

いつもは適当に淹《い》れている紅茶を基本に忠実に丁寧に淹れると、琥珀《こはく》色の綺麗な液体が澄んだ香りを振りまきながら、皿とおそろいの花模様のティーカップを満たしていった。

「よし、準備おっけー」

まるでお茶会みたいで、わくわくしてしまう。

皿の上に、白いレースのナプキンも敷いた。

甘酸っぱい砂糖衣がかかったウイークエンドをのせると、テーブルの上に丸い月が浮かんでいるみたいで、にっこりした。

ナイフで薄く一切れだけカットして、取り皿に横に倒して置き、真っ先に砂糖衣がかかった部分をフォークで切り分けて、口に入れる。

店員が言ったように、シャリッ……と儚い音を立てて薄い砂糖衣が崩れ、爽《さわ》やかなレモンの香りとともに、甘酸っぱい味わいが舌の上で躍る。そこにしっとりした生地の甘さや、バターの香りが加わり、うっとりするようなハーモニーを奏でる。


「美味しい……」


それに、なんだかほっとする。

紅茶を飲みながら、少しずつ口へ運ぶ。

こんなにおだやかな気持ちは、久しぶりだ。

シャリシャリと鳴る甘酸っぱい砂糖衣の食感が、なんて心地いいんだろう。

あの美しいシェフがこのケーキを焼いて、あたためた砂糖衣を、とろとろとかけていったのだろうか。ガラスで区切られた厨房に、爽やかなレモンの香りを振りまきながら。

――月は、太陽の光や雲に隠れて私たちの目に見えないときも、昼も夜も変わらず誠実に、地球に寄り添っています。

――見えなくとも、いつもそこにいて、地球に暮らす人たちを見守っているのです。

しっとりしたレモンのお菓子の中に、執事なストーリーテラーが聞かせてくれた物語が宿っている。

誰もわたしのことなんて気にしてないし、わたしなんていてもいなくてもいい存在だと落ち込んでいた。

けれど……。

爽やかな味が口に広がるたびに、心がやわらかにときほぐされてゆくような気がする。

地球に寄り添う月のように、それを食べる人たちの日常に寄り添うお菓子を。

そんな願いが込められたこのウイークエンドには、大切な人を引き寄せる魔法がかけられていると、ストーリーテラーは語っていた。

頭の中に浮かんだ人に、スマホで電話してみる。

「久しぶりだね……。うん、うん……元気だったよ。そっちは？　そう、仕事大変だったんだね、お疲れさま」

相手をいたわる優しい言葉がするすると出てきて、それがとても自然で気持ちよくて、ああ、これがウイークエンドの魔法なんだなと思った。

「今ね、ケーキを食べてたの。ウイークエンドっていって、上にかかっているレモンのお砂糖がシャリシャリしていて甘酸っぱくて、生地もしっとりしていて、すうぅぅごく美味しいの。え？　食べたいの？　じゃあ、まだたくさんあるから、これからおいでよ」

スマホのスピーカーから聞こえてくる声に耳をすましながら、ああ……やっぱり好きだな……と、目が、頬が、唇が、ゆるんでゆく。

——すぐ行く！　おれ、今週ずっとナコのこと考えてて、めっちゃ会いたかったんだ。

彼が熱っぽく言ってきて。

もしかしたら、わたしを見てくれている人もいるのかもしれない。

砂糖衣に包まれた地上の月は、テーブルの上で甘く香っていて。七子はいろんなことを愛おしく感じながら、つぶやいた。

「うん、待ってるね」

第二話

ふんわり可憐で
みずみずしい、
ときめきのシャルロット

Episode 2

「わたしは今日から、休暇をとらせていただきます」

母ふみよの突然の宣言に、牧原《まきはら》家は朝から混乱に陥った。

「お、おい、おまえ、なにを言ってるんだ」

サラリーマンの父周作《しゅうさく》がおろおろし、

「お母さん、朝ごはん！　朝ごはんは？　それに起こしてくれなかったからバイト遅刻しそうなんだけど」

大学生の長女花鳥《かとり》も、空っぽのテーブルを見てうろたえ、

「母さん、おれの弁当。早弁分と昼弁分の二つ」

高校生の長男爽馬《そうま》が、情けない声を上げる。野球部の練習に励む食べざかりの少年にとって、弁当は死活問題なのだ。

ふみよは慌てる家族を見回し、おっとり微笑んでみせた。

「あなた、あなたと結婚してから二十一年、ずっと休暇をいただいておりませんでしたので、これは正当な権利です。花鳥、休暇中はひとりで起きてください。お洗濯もアイロンがけも自分の分は自分でね。朝ごはんはありません。もちろん、昼ごはんも、夜ごはんも、わたしは作りません。爽馬、お弁当がほしければ自分で用意

してくださいね」

周作をはじめ、花鳥、爽馬が唖然とし、それから、

「ヤバい、朝練遅刻する」

「バイトが」

「会社が」

「あたしの服、アイロンかかってない！　今日着るって言ったのに！」

「靴下とネクタイはどこに」

「うわぁー、米も炊いてない」

と、ばたばたするのを、ふみよはふっくらした顔に微笑みをたたえたまま眺め、

「では、わたしはこれからカフェでモーニングをして、そのあとショッピングや映画や絵画鑑賞を楽しんできます」

と、外へ出かけたのだった。

長いあいだクローゼットの肥《こ》やしになっていた、白と黄色のバイカラーが素敵な一張羅《いっちょうら》のワンピースに、白いパンプスで。

◇　◇　◇

「牧原くんのお弁当、最近ワイルドだね」

「ああ、爽馬んところは、母さんがストライキ中なんだって」

おかしそうに答えたのは爽馬ではなく、その友人の浅見令二《あさみれいじ》だった。

高校の昼休み。

麦《むぎ》は、爽馬の机に置かれた、大きなお弁当箱に隙間《すきま》なくぎっしりつめられた白いごはんとツナ缶、その隣のマヨネーズ一本を見て、目をしばたたかせていた。昨日はツナ缶が鯖《さば》の照り焼き缶で、おとといは食パン一斤とケチャップ一本だった。

「ほえ？　すとらいき？　それってプラカードに『給料上げろ』とか『労働時間を短縮希望』とか書いて、要求が通るまで仕事をしないっていうあれ？」

「いや、うちはストライキじゃなくて休暇。母さんがいきなり『今日から、休暇をとらせていただきます』とか言い出しちゃって。まじに家事一切放棄で、めちゃめちゃ大変なんだよ。弁当もおれが作ってるんだ」

「牧原くん、ごはんを炊いてつめるのは料理とは言わないと思うけど」

「それがさ、炊き加減とか結構難しいんだよ。昨日は、べちゃっとしてたし、今日はなんかかたいし。母さんに、どうやって炊いてたのか訊《き》いても、リクライニングチェアでクラシックとか聴きながら、『わたしは休暇中です。休暇中は窓口もお休みで、お電話もメールも受けつけておりません』とか言うし」

「あはは、爽馬の母さん、新しいな」

「令二、おまえは他人《ひと》ごとだと思って」

爽馬が渋い顔を友人に向ける。しっかりした凜々《りり》しい眉が垂れ、弱り切っている。

爽馬の母ふみよが突然休暇を宣言したのは、二日前だという。爽馬がパンにケチャップをのせて食べていた日だ。

なるほど、あのケチャップパンはそれでか、と麦も納得する。

「なぁ、三田村《みたむら》さんちってケーキ屋なんだろ？　クッキーとかパウンドケーキとか、よく持ってきて教室で女子会してるよな。おれにも回して。昼めしにするから」

「うん、うちの自宅の一階をお店にして、お姉ちゃんがやってるんだ。賞味期限切れので良かったら、今度持ってくるね」

「やった！　全然おっけー！　おれ、賞味期限半年前のカップラーメンにチャレンジして平気だったし」

「チャレンジするなよ」

令二があきれ顔で突っ込む。

体育会系の爽馬とは逆に、令二は吹奏楽部でフルートを吹いている文系で、体型もがっちりな爽馬に比べて細い。色も白く顔立ちも繊細で、成績も良いため、女子の人気は圧倒的に令二のほうが高い。

麦は令二とは幼なじみで、

「浅見くんの言うとおりだよ。賞味期限は味が落ちるだけで、そこそこ長く食べられるけど、半年は怖すぎ。おなか、ぴーぴーにならなくてよかったね。それに、お姉ちゃんのお店から、残りものをもらってくるのはかまわないけど、ごはんの代わりにお菓子を食べるのはおすすめしないよ」

「だなー、姉さんがチョコレートと菓子パンばっかり食ってたら、三日で一キロ太った〜って騒いでた」

「お姉さんは、ごはん作ってくれないの？　じゃなきゃお父さんと牧原くんで作ってみるとか」

「あー全然ダメ。うちはりんごの皮むくのもパンをトースターに入れるのも全部母さんがやってて、めしの時間になると、テーブルに箸《はし》もコップも並んでて、調味料も小皿にとりわけてある状態だったから。昨日、父さんが袋入りのラーメンを作ろうとして、お湯を吹きこぼして、片手鍋をひっくり返して大惨事《だいさんじ》だった。おれも麻《マー》婆《ボー》豆腐が食いたくなって豆腐に片栗粉を入れて、かき混ぜたら、片栗粉がかたまってどろどろだし。あれはなー、どんだけ腹が減ってても食えるもんじゃなかったよ」

「爽馬は調理実習のときも、米を洗剤で洗おうとして止められて、味噌汁に材料と一緒に味噌を放り込んで煮立てて、もうおまえ、なにもするな、皿洗う係やれって言われたら、クレンザーで皿洗おうとするし」

「それな！　洗剤ってなんであんなにたくさんあるんだよ。洗濯しようと思ったら、棚に五種類くらい並んでて、面倒くさいから一度に全部入れたら、タオルとシャツがごわごわになっちゃって、父さんと頭抱えてた。姉さんも、スカートにアイロンかけたら皺《しわ》がますます増えた、ってキレてたし。洗濯も、今まではカゴに入れとけば次の日には、ふかふかになったやつが畳んでタンスにしまってあったのに」

大きな溜息《ためいき》をつく爽馬に、牧原家の現在の混沌《こんとん》を想像した麦は、いろいろ同情しながら言った。

「牧原くんのお母さんは、スーパー主婦だったんだねぇ。それは休暇ぐらいあげないとバチがあたるかもだよ」

◇　◇　◇

映画館で映画を見るのも、美術館へ行くのも、自分のためのお買い物をするのも、何年ぶりかしら？

ふみよは休暇を満喫していた。

朝はのんびりと目覚め、ゆっくりお化粧をしてお洒落をして、朝食は外のカフェで、フレンチトーストや薄いパンケーキ、とろとろのオムレツや、エッグベネディクトにカフェオレ、またはミルクティーなどの、モーニングをいただく。

それから美術館でのんびり芸術鑑賞をして、館内のレストランで展示内容とコラボしたコースを頼んで味わってみたり、デパートのお化粧品売り場でメイクをしてもらったり、衣料品売り場で何着も試着して、素敵なワンピースやブラウスを購入して、店員さんに通路までお見送りしてもらったり。

ああ、楽しい。

縮んでいた体が、のびのびと広がってゆくようだ。足が軽い。爽やかな初夏の日射しや、緑の葉をそよがせる風が気持ちいい。

独身のころは一人で映画やお買い物をするなんて、考えられなかった。ましてや、一人でカフェに入ったり、レストランで食事をするだなんて。

最近の若い人たちは、お一人さまでどこへでも出かけるみたいだけれど、ふみよが若いころはまだ、女性一人で行動するのは周囲の目が気になる風潮だったし、ふみよ自身も恥ずかしいと思っていた。

でも、こんなに自由で、解放された気持ちになれるなんて。

家族と一緒にいると、どうしても自分が世話をしなければと考えてしまい、あれこれ気を配ってしまう。食材や日常品の買い出しなどで、両手に大荷物を提げて疲れて帰宅したあと、食事の支度や後片付けをしたりして、休む間がない。

けれど一人だと、自分の楽しみだけに、ふわふわと身を任せればいい。家に帰ったら、入りたいときにお風呂に入り、明日の朝食の支度や家事のことを考えず、布団に身を投げ出すようにして眠れる。

昨日は買ったばかりのアロマポットに、柑橘系のオイルをたらして寝室で焚《た》いてみたら、とても爽やかな香りに包まれて、朝までぐっすりだった。

ふみよの休暇宣言に、夫も子供たちもあたふたし、キッチンや脱衣所から大きな物音や悲鳴が何度も聞こえてきたけれど、休暇中なので知らない。

それに夫はともかく、娘と息子に関しては、これまで世話をやきすぎたと反省している。これを機に娘には自分の服くらい洗濯してアイロンをかけられるようになってほしいし、息子もトースターで焦がさずにパンを焼けるくらいにはなってほしい。

でないとこの先、家を出て一人暮らしをしたとき大変だ。

とりあえずは、休暇中は家族のことは家族本人に任せて、楽しもう。

一人きりの休暇は、なんて素敵なのだろう。

夕飯にはまだ少し早い時間だけれど、これからどこへ行きましょう？

少し歩き疲れたから、カフェで休んで行きましょうかね？

普段使っている駅の少し手前で降りて、そこからお散歩がてら若葉が茂る並木道をのんびり歩いて、住宅地のほうへ進んでいったとき。

可愛らしい立て看板が、ふみよの目にとまった。

爽やかな水色にレモンイエローの円を組み合わせたデザインで、その円の上に、

『ストーリーテラーのいる洋菓子店
月と私は、こちらです』

とあり、矢印が表示されている。

『月と私』だなんて、なんだか小説のようで素敵な店名だ。ストーリーテラーがいるというのも気になった。

ストーリーテラーって、一体なんなのかしら?

物語の世界を旅しているような気持ちで、わくわくしながら矢印のほうへ歩いていってみる。

すると、ふみよの前に綺麗な空色の壁が現れた。

月のように丸く黄色い表札がかけてあり、そこに青い文字で、

『月と私』

と表記されている。

まぁ、可愛い。

思わずにっこりしてしまう。

ガラスのドアの向こうにある店内も、黄色と水色のリボンや袋でラッピングされたお菓子が並んでいて、きらきらしている。

テーブルが二つあって、イートインができるようだ。

ここでお茶をしていきましょう。

ドアを開けて店内に入ると、ふみよの耳にオペラ歌手のように深みのある朗々とした声が聞こえた。


「いらっしゃいませ。ストーリーテラーのいる洋菓子店へようこそ」


まぁ、まぁ、まぁぁっ。

ふみよは目をまん丸に見開き、声を出さずに感嘆した。

出迎えてくれた店員は黒い燕尾服に身を包み、艶やかな黒髪をオールバックにしていた。背がすらりと高く、顔は彫りが深い。特に鼻の形が素敵だ。歳は三十くらいだろうか？

とってもハンサムな執事さんだわ。

ストーリーテラーというのは執事さんのことなのかしら？

「こんにちは」

ふみよはますますわくわくして、それからドキドキもして、自然に笑みがこぼれてしまった。

「お茶をしたいのだけれど。それと、なにかケーキを」

「かしこまりました。こちらのお席へどうぞ。ただいまお飲み物のメニューをお持ちします。ケーキはケースからお好きなものを、のちほどゆっくりお選びください」

執事な店員が、ガラスの壁ぎわにある丸いテーブルまでふみよを案内し、腰をかがめ、両手でうやうやしく椅子《いす》を引いてくれる。

「ありがとう」

そこに腰かけると、水色の表紙のメニューが手渡された。紅茶やコーヒー、ハーブティーなどが、それぞれ三種類くらいずつ表記されている。お値段は、この辺りでは若干お高めかもしれないけれど、茶葉や豆の説明が詳しく書いてあって、こだわりを感じる。専門店でいただくような美味しいお茶が飲めそうな気がする。それなら、このお値段は安いほどだ。

それにケーキとセットにすると、百円割引になる。

「どれにしましょう。迷ってしまうわ」

「まずケーキをお先にお選びいただいて、それにお飲み物を合わせていただくのでもよろしいかと存じます」

「そうね。そうしましょう」

ふみよが立ち上がるタイミングで、店員が椅子を引いてくれる。もしかしたらホテルのレストランなんかで働いていたのかしら？　と思うような、洗練された優雅な動作だ。

やだわ、ときめいてしまうわ。

横顔も本当にハンサムさんね。

宝石店にあるようなカウンターショーケースの向こうは、ガラス張りになってい て、厨房がすっかり見通せる。シェフは背中を向けて作業をしていたが、白いコックコートに包まれた体型はほっそりと、なよやかで、女性のようだった。

明るいライトに照らされたケースの中に、丸いケーキが二種類、半円のケーキが二種類、三日月の形をしたケーキが二種類、それぞれひとつずつ——高価な美術品のように並んでいる。種類は多くないけれど、どれも美味しそうだ。

「当店では、満月、半月、三日月の、三つの月をご用意させていただいております。こちらの丸い月——甘酸っぱい砂糖衣をかけたウイークエンドは、当店自慢のスペシャリテで定番品でございますが、こちらのアプリコットと蜂蜜《はちみつ》レモンのシャルロットは、この時期しか味わえない限定の満月でございます」

アプリコットの果肉が散らばった、淡いオレンジ色のまぁるい月の周囲を、フィンガー状のふかっとしたクリーム色のビスキュイが、ぐるりと取り巻いている。そこに水色のリボンが結んである。

「まぁ、可愛らしい」

思わず、ふみよの口からつぶやきが漏れる。

店員が深みのある心地のよい声で、まるで歌うように商品の説明をしてくれる。

「シャルロットは十八世紀末のフランスで、天才料理人アントナン・カレームによって完成されたと伝わっています。リキュールをしみこませたビスキュイ・ア・ラ・キュイエールを型の側面に並べ、バニラ風味のババロアやチョコレートムースをつめて冷やしたもので、当店ではビスキュイにすっきりした蜂蜜レモンを染みこませ、アプリコットのババロアにも蜂蜜とレモンをアクセントに使用し、爽やかな口当たりに仕上げてございます。またババロアの中には、果肉のほかに、アプリコットをレモン汁でコンポートしたものを丸ごとひとつぶしのばせてございます」

「とっても美味しそう……それに、本当に可愛いわ」

きらきら光るガラスのケースの中に、淡いオレンジ色の、小さな丸い月が並んでいる様子は、月の光を吸い込んだお花畑のようだ。

隣に、大きいサイズのものもあり、そちらは表面にメレンゲでふわふわとシンプルなデコレーションがされていて、やっぱりとっても可愛い。

「お客さまのおっしゃるとおりでございます。シャルロットという名前は、当時大流行していた、女性がかぶる愛らしいフリルつきの帽子——シャルロットを真似《まね》たと言われております」

「確かに、うんと華やかな帽子みたいね。お月さまの帽子だなんて素敵。わたしも若かったら、こんな帽子をかぶって歩いてみたかったわ」

　そう言ったあとで急に恥ずかしくなって、照れ隠しに、

「もうこんな小太りのおばさんだから、無理だけど」

　と言うと、店員は真面目な顔で、

「とんでもない。お客さまは大変キュートで色白でいらっしゃいますので、きっとお似合いですよ」

　と褒めてくれた。

「ありがとう。嬉《うれ》しいわ。じゃあ、この小さいお帽子にしましょうか」

　お世辞でも、こんなハンサムな執事さんにそんな真剣な口調で言われたら、顔がほてって浮かれてしまう。

「かしこまりました。お茶はいかがいたしましょう。アプリコットの味わいを引き立ててくれるダージリンのストレートなどおすすめですが」

「なら、それで」

「ありがとうございます。ただいまご用意いたします。お席でお待ちください」

店員がまた椅子を引いてくれる。

本当に、十代のお嬢さまになったみたいね、実際は四十過ぎのおばさんなのにと、くすりとし、壁際の棚に飾られている、宝石箱みたいな焼き菓子の詰め合わせや、お伽噺《とぎばなし》に出てきそうなジャムの小瓶などを眺めていると、銀のティーポットに入った紅茶とシャルロットが運ばれてきた。

店員がそれをうやうやしくテーブルに置き、ティーポットを高々と持ち上げて、白いカップにお茶を注ぐ。

琥珀色の液体が白いカップにきらきら輝きながら落ちてゆくのに、ふみよは歓声を上げた。

「本物の執事さんみたい！」

「執事ではなく、ストーリーテラーでございます」

店員が、やんわりと訂正する。

「ストーリーテラーさんって、さっきのように商品の説明をしてくださるかたのことを言うの？」

「さようでございます。商品とご一緒に、そのストーリーをお客さまにご提供させていただくのが、私の役割でございます」

ふみよの胸の中で、また小さく鐘が鳴る。

商品と一緒にストーリーを？

なんて素敵なんでしょう。

「そうね、あなたのお話を聞いたあとだと、このシャルロットももっと可愛らしく、美味しそうに見えて、いただく前からドキドキするわ」

「どうぞ、おめしあがりください。一口目からさらに胸が高鳴ることを、お約束いたします」

「いただきます」

胸をときめかせながら、手を合わせた。

大きな白い皿にはシャルロットの他に、バニラとレモンのアイスが添えられ、カットしたアプリコットやラズベリーが置かれ、周りを黄色いレモンソースでふちどり、その上から緑のピスタチオを散らしてある。

「とっても綺麗ねぇ」

「イートインのサービスでございます」

まるでレストランのデセールのようだ。

うんと高級なレストランで、黒服のメートル・ドテールに給仕されたデザートをいただく気持ちで、ふみよはフォークをとった。

淡いオレンジ色の満月に、銀色のフォークをそっと差し入れると、ぷるんとした感触があった。細かく刻んだ果肉ごとすくって口へ運べば、レモンの爽やかさと、蜂蜜の甘さ、そこにアプリコットの酸味とコクが加わり、舌の上に夢のように広がってゆく。

美味しさに胸がきゅんとし、目を閉じてゆっくり味わった。

そのあと水色のリボンをほどくのにもドキドキして、指でそっと端をつまんで引っ張ると、夜が明けたばかりの、まだ淡い空の青さを映したような細いリボンが、白い皿の上にはらりと落ちた。

フォークの先でフィンガー状のビスキュイをひとつはがして、それをさらに半分に切り分けて、その上にババロアをのせていただいてみると、蜂蜜とレモンが染みたふかっとしたビスキュイの食感と甘さに、もったりしているのに爽やかなアプリコットのババロアが混じり合って、えもいわれぬ味わいになる。

うっとりしながら食べ進めると、中からつやつやのアプリコットが、丸ごとひとつ出現して。今度はそれをババロアと一緒に頰張ると、口の中が甘酸っぱい幸福でいっぱいになった。

アプリコットって、こんなに美味しかったのね。

甘くて、酸っぱくて、古風で懐かしい味がする。

それに対してババロアは華やかで、爽やかで、そのバランスにまた溜息をついてしまう。

すっきりした紅茶も、このケーキに合っている。

「なんて美味しいんでしょう……店員さんの言うとおりだわ。女子高生に戻ったみたいにドキドキしています。これが十八世紀にフランスで流行《はや》ったお帽子を、天才料理人さんがケーキにしたものなんだなって。それが現代にまで伝わっているだなんて、ロマンチックね」

そう伝えると、執事な店員は口元をゆるめ、ふみよの心拍数がさらに上がるような華やいだ笑顔になり——。

「いつの時代にも、女性にはときめきが必要でございます」

そして、ゆるやかな口調で言った。

「これは、私が月から聞いたお話です」

まるで甘酸っぱいババロアが、舌の上でとろけるときに放つ香りのように爽やかに。魔法をかけるように。

「その女性は、私どもよりはるかに若いのに、自分のことを大変な年寄りだと思っておりました」

先ほど、わたしはもうおばさんだからと口にしたばかりだったので、ふみよはドキッとした。

「もう自分は若くなく、感性も錆《さ》びつき情熱も失われ、夢も希望もなく惰性《だせい》で毎日を過ごしていると。実際、彼女は年齢よりも大変老けて見えました。常に自信がなさそうにうつむき、背中を丸めて、着るものもセールで売れ残った格安のTシャツやトレーナーを、よれよれになるまで何年も着続けていて、暗い顔で溜息をついている様子は、まさしく老婆《ろうば》のようでした」

——母さん、そのカーディガン何年着てるの？　袖《そで》のところすり切れてるし、時代遅れだよ。

娘に言われた言葉が、胸を突き刺すような痛みとともによみがえる。

家の中でしか着ないから別にいいでしょう？　こんなおばさんの服装を気にする人なんていませんよ、と答えるふみよに、娘はしかめっ面で言ったのだ。

——そういうこと言ってると、あっという間におばあちゃんだからね。てかフケたよね、母さん。

手のひらで胸のあたりを押さえて、いいえ、店員さんが話しているのは、わたしのことではないわ、と落ち着こうとする。

そう、わたしではない別の女の人のお話よ。

でも、まだ若いのに、おばあさんに見えてしまうほど疲れ切っていたなんて、そのかたには一体どんな不幸があったのかしら？

気になって、店員の語りにどんどん引き込まれてゆく。

「そんな彼女は、あるとき魔法使いに会いました。彼女はとても善人でしたので、魔法使いに親切にし、そのお礼に魔法使いは彼女に魔法をかけました。ひっつめてゴムで結んでいた髪をふわりと軽く、サイズの合っていないぶかぶかの地味な服を、体に合った明るい色合いのものへ」

「彼女は、どうなったの？」

「お客さまが今、想像したとおりでございます」

「髪型を変え、服を変え、ときめきがひとつ増えるごとに、表情が生き生きとし、目に輝きが戻り、姿勢までも変わりました。もう彼女を見て老婆のようだと思う人はいないでしょう。若くみずみずしい、好ましい女性だと思うはずです」

「その魔法は、彼女がときめきを持ち続けているかぎり、解けることはありません」

「このように、女性はどんな場合でも、ときめくことが必要なのです」

「お客さまがお選びになったシャルロットには、そんな月の魔法が込められております。どうぞときめいておめしあがりください。そして、そのときめきを、このさささやかなストーリーとともにお持ち帰りくだされば幸いでございます」

店員が優雅に一礼し、話を終える。

ふみよはまだ夢の中にいるように、ぼーっとしている。

途中から完全に、自分と重ねて聞いていた。

そうね、わたしに足りないのは、ときめきだったんだわ。

休暇をとる前の、張り合いがなく体が常に重怠《おもだる》かった日々を思い出して、深く納得した。

多分ふみよはもともと人より世話好きな性質で、そうするのがいやではなかったし、主婦が天職であるのは間違いない。

会社で頑張って働いてお給料を持ってきてくれる夫に感謝していたし、二人の子供たちが大きな怪我《けが》や病気をすることも、他人さまに迷惑をかけることもなくまっとうに育っていることも、ありがたく感じている。

それでも、このごろいつも疲れているな……と感じていて、そんなとき娘から『フケたよね』と言われて、ドキッとした。

――そんな……いくらなんでも、おばあちゃんなんて歳ではないし。

けれど、洗面台の鏡をおそるおそるのぞいて、そこに映る自分が、あまりにも老けているのに驚いた。

体も顔もむくんでいるし、皺も白髪《しらが》も増えた。

なにより、見つめ返してくる瞳が、どんより暗い。

――ああ、本当にわたし、おばあちゃんみたいだわ。このままずっと、ときめくこともわくわくすることもなく、歳をとってゆくのかしら……。

そんなふうに考えたら、たまらなく淋《さみ》しく空しくなって、少し主婦業をお休みしようと思ったのだ。

こんなとき若い人たちは休暇をとって、海外にバカンスへ行くのだろう。そこまでとなくてもいいから、映画を見たり、美術館へ行ったりしてみよう。それで美味しいものを食べて、綺麗な服を着て、のんびりしよう。

何年も前に購入したまま一度も着ることのなかった白と黄色のバイカラーのワンピースを着て、鏡の前に立ったとき、あんなに重かった体がすーっと軽くなり、気持ちが明るくなった。


女性には、いつの時代にもときめきが必要――本当にそのとおりね。

月の魔法がかかった、この淡いオレンジ色の帽子も、目と舌と、その中に秘められた物語で、ふみよをときめかせてくれた。

きっと今、鏡を見たら、生き生きとした目をした若々しい女性が笑顔で見つめ返してくるはずだ。

とてもいいお店を見つけたわ。

また、ときめきをいただきに来ましょう。

「ごちそうさま。とっても美味しかったたし、たくさんときめいたわ」

レジの前で告げると、店員もやわらかに微笑む。

「ありがとうございます。非常に嬉しいお言葉でございます」

「大きいお帽子を、持ち帰りでいただけるかしら。家族へのお土産《みやげ》にしたいの」

「かしこまりました。ご用意いたします。少々お待ちください」

ショーケースの下の保冷庫から、新しいシャルロットのアントルメを取り出し、白色の箱につめている店員の横顔が、やっぱりとてもハンサムで素敵だと、最後に目の保養をさせてもらっていると、その後ろに、ガラスの仕切りの向こうでケーキを作っているシェフの、ほっそりした姿が重なった。


あらまぁ？


初めて執事な店員が出迎えてくれたときと同じように、ふみよの目が丸くなる。

ふわふわした茶色の髪を後ろで綺麗にまとめた小顔の女性が、はにかみながら会釈する。

ふっくらしたピンクの唇に、ピンクの頰。

澄んだ瞳や恥ずかしそうな微笑みが、つんだばかりのみずみずしい果実を思わせ、白いコックコートを着ていても、なよやかで女性らしい体の線がわかる。

まぁまぁ、なんて綺麗なお嬢さんかしら。

この人が、この素敵なお菓子を作っているのね。

まだとてもお若そうなのに。


ふみよも小さく頭を下げる。すると彼女はまた花びらのような唇をほころばせ、少女のように嬉しそうに微笑んだ。

その笑顔と、

「またお越しくださいませ」

というハンサムなストーリーテラーの言葉に見送られ、ふみよはまだ魔法の国をさまよっているような気持ちで、店を出たのだった。

もしかしたら、ストーリーテラーの店員が語っていた、自分を年寄りだと思い込んでいた女性というのは……。

それなら魔法使いは？

頭の中で素敵なロマンスが展開して、また胸がドキドキしてしまった。

これはぜひ、お店に通って観察してゆかなければ。

美味しいお茶とケーキの他にも再訪の楽しみが増えたことに、わくわくしながら家路を辿《たど》る。

手には淡いオレンジ色の華やかな帽子が入った、水色の紙袋を提げている。適度な重さが心地いい。

家に着いたら、ふみよの休暇宣言で毎日どたばたして、ぐったりしている夫と子供たちに、今日で休暇は終わりだと告げよう。

きっと喜ぶだろう。

けど、これからも定期的にお休みを取得することは、しっかり伝えておかないと。だから、あなたたちも家事を少し覚えなさいと。

そして家族にも、ときめきのおすそわけをするのだ。

月の魔法に満ちた小さな洋菓子店で、ストーリーテラーな執事に聞いた、可愛らしい物語を添えて。


帰宅したら、長女の花鳥がブティックの紙袋を、ぶすっとした顔でふみよのほうへ突き出してきた。

「……これ、お母さんが好きそうだったから」

受けとって開けてみると、ふみよの手のひらに青い空が広がった。麻のカーディガンだ。とても軽くて涼しそうで、これから暑くなってゆく季節にぴったりの。

「お母さんのカーディガン、もう古くなってたでしょ」

花鳥は照れくさいのか、視線を合わせようとしない。口も尖《とが》らせたままだ。

でもきっと、ふみよがすり切れたカーディガンを何年も着ているのを見て、ふみよのために選んでくれたのだろう。

「それと、あの……いつもごはん作ってくれて、綺麗にアイロンかけてくれてありがとう」

そっぽを向いたまま早口で言う。

それからふみよのほうをキッと振り向き、

「ごはん作ってほしくて、ご機嫌とってるんじゃないからね……っ。本当にその……お母さんって、すごかったんだなって……実感したっていうか……今度綿シャツのアイロンのかけかた教えてっ」

いっきにそう言ってカァァァァッと赤くなり、うつむいた。

ふみよの頬がゆるむ。

「ありがとう、花鳥。とっても素敵な色ね。大切にするわ」

「しまっとかないで、ちゃんと着てよね」

「はいはい」

キッチンのほうから、ものがひっくり返る音や皿が割れる音と一緒に「うわっ」という声が聞こえてくるのは爽馬だろう。

長男も慣れない家事に戸惑いながら、頑張っているようで。

花鳥も爽馬も、いい子に育ってくれたわ……。

胸の中にあたたかな気持ちが広がってゆくのを感じながら、ふみよはレモンイエローの小さな丸い月が描かれた水色の紙袋を持ち上げて言った。

「お土産よ。お父さんが帰ってきたら、みんなで一緒にいただきましょう。わたしがお茶を淹れるわね」

第三話

赤いベリーの香り豊かな、毒入りレイヤーケーキ

Episode 3

ピンクのお砂糖がかかったケーキの断面は、赤いマーブル模様だった。
集まった子供たちはケーキを囲んで、みんな早く食べたそうにわくわくしていて、お姉さんが切り分けてくれるのを目を輝かせて待っていた。
セーラー服の上から水色のエプロンをかけた眼鏡のお姉さんが、長いナイフで慎重にケーキを切り分けて、一番大きなかたまりを令二にくれた。

——お手伝いしてくれてありがとう、令二くん。

恥ずかしそうに微笑んで。
ケーキが全員にゆきわたり、令二は真っ先に、両手で持った赤いマーブル模様のケーキに齧《かじ》りつき——べそをかいた。

——うぇぇっ、まずーい。

「んでさ、そのシャーロックって帽子みたいなケーキがさ、すんんんげぇ、美味《うま》かったんだ！　周りを、ふかふかしたビスケットでぐるっと囲んであって、そん中にオレンジ色のババロア？　これが、味が濃くって、めちゃウマなの！　なのに、さっぱりしてるっつーか。のどごし良好ってやつ？　もう、するっするっと入ってくわけよ。んで、中に何かオレンジ色のカットしたやつが、ごろごろ入ってて、でもって真ん中の杏《あんず》？　これがまた絶品で！　杏って屋台で飴《あめ》がかかってるやつくらいしか知らないけど、こんな美味かったっけって。もう、シャーロック最高！」

休み時間の教室で、爽馬が興奮して語っているのは、休暇を終えた母ふみよが買ってきたホールケーキについてだった。

見た目が帽子のようで、お洒落なそのケーキが、とにかく美味かった、あんな美味いケーキは生まれて初めてだと。

そのケーキが、どうやらクラスメイトの三田村麦の姉がシェフを務める店の品らしいと判明し、

「三田村さんの姉さん、天才な！」

と大絶賛である。

◇

◇

◇

「ありがとう。お姉ちゃんに言っとくね。でもシャーロックじゃなくて、多分それはシャルロットだよ、牧原くん」

麦に指摘されて、

「あ、そっか、なんか名探偵みたいな名前だな～って覚えてたから。シャルロットか、あはは」

と屈託なく笑う。

「うちはもう、おれと母さんだけじゃなくて、姉さんも父さんも全員、三田村さんの姉さんの店の大ファンさ。みんな、美味い、美味い、って。母さんが『でしょう！』って、そりゃ大得意でさ」

「あたしも、麦のお姉さんのお菓子、好き。端《はし》がかりっとしたバターしみしみのフィナンシェが絶品！」

「わかるー！　子供の形した、ジンジャークッキー？　あれもぱりっとしてて美味しかったな。しょうがの香りが、ぶわっときてさ。ミルクティーと一緒に食べると天国だよね」

麦と仲良しの、古典部の坂本里香子《さかもとりかこ》と、麦とは部活仲間でもあるチア部の加藤楓《かとうかえで》も話に交じる。里香子は眼鏡をかけた文系女子といった外見で、楓のほうは背が高くキリッとしている。

「最近あまりお姉さんのお店のお菓子、持ってこないよね、麦」

「ごめん。おかげさまでリピーターがついて、売れ残りもないみたいでさ。改装前は廃棄《はいき》処分の嵐で、お姉ちゃんも毎日どんよりしちゃって、お店をたたもうかってずっと悩んでたんだけどね」

「ううん、お姉さんのお店が繁盛してるならいいことだよ。そうだ、お姉さんのお店、イートインできるんでしょ？　今日、放課後、みんなで食べに行かない？　ね、楓」

「いいね！　いいね！　焼き菓子以外のケーキも食べてみたかったんだ。絶対美味しいもん！」

爽馬が、

「ええ！　おれも交ぜて！　今日、放課後、部活休みなんだ。おれも、他のケーキ食いたい！」

と言い出す。

「な、令二も行こうぜ。買い物は今度にしてさ。絶っっっっっ対美味いから！」

隣で黙って話を聞いていた令二のほうへ、きらきらした顔を向けて爽馬がそんなふうに言ってきたのは、放課後一緒に出かける約束をしていたからだった。駅ビルで買い物をして、そのあと話題の十段重ねのハンバーガーを食べようと。

野球部で体型も胃袋も体育会系の爽馬と違って、吹奏楽部で文系の令二は食も細く、こってりしたものも苦手である。

なので超メガサイズというハンバーガーにつきあうよりは、お茶とケーキにつきあうほうが、好ましいといえた。

ただし、行き先が三田村麦の姉の店でなければ。


「なぁ、いいだろう、令二」

「うん、浅見くんも行こうよ」

「だねっ、浅見も絶対気に入るって。あ、そういえば浅見と麦って幼稚園から一緒で、幼なじみだよね？　もしかして浅見、麦のお姉さんのことも知ってたりする？お姉さんのお菓子、食べたことある？」

面倒くさい質問が飛んでくる。

でもここで顔をしかめて、素っ気ない態度をとったりしたら、

『浅見くんって、女子に人気あるからって調子に乗ってる』

『アイドル系で可愛い顔してるけど、性格悪いよ』

と、たちまち悪口が拡散するのは目に見えている。

普段から周囲に対して社交的に接している分、少しでも黒い面を見せると、それが何十倍にもクローズアップされてしまうのだ。

昭和の不良少年が雨の日に子犬を拾って、好感度がダダ上がりになるのと真逆

だ。絶対自分のほうが損していると思う。

それでも十六年かけて築き上げてきた、〝顔も育ちも性格も良いパーフェクトな浅見くん〟の看板に、傷をつけるのは本意ではないので、

「そうだね、何度かあるかな。美味しいよね。お姉さんのことも知ってるけど、昔からすごく真面目《まじめ》で、丁寧な人だったよ」

と、あたりさわりのないことを答えておく。

麦になにか突っ込まれるのではないかと少しだけ身構えていたが、特になにも言われなかった。さっぱりした性格なので昔のことはたいして覚えていないのか、麦にとっては気にするほどのことではないのかもしれない。

「じゃあ、令二も三田村さんのお姉さんの店に一緒に行くので決まりな！　うわぁ、マジ楽しみ！」

令二は『行く』と答えた覚えはないのだが、爽馬たちの中ではしっかり頭数に入っているようだ。

「みんなで五人か、全員座れるかな？　麦」

「うん、二人がけの丸テーブルが二つあるから、くっつければ五人、いけると思う。椅子も予備のがあったし。ただ、先にお客さんがいると待ってもらうことになるけど、いいかな？」

「大丈夫、ね？」

「おう。おれ、立ち食いでもいいし」

「それはちょっと。でも、近くの公園にケーキ持って、そっちに移動してもいいかもね」

「だね、まだ涼しいし」

爽馬たちは楽しそうだ。

里香子と楓は、他にもお目当てがあるようで、

「お姉さんのお店って、今、執事さんがいるんでしょう?」

「『月と私』で検索すると、執事さんに接客してもらった、超カッコよかったって噂《うわさ》になってるよね」

と前のめりになる。

「母さんも、アイドルのおっかけみたいに目をきらっきらさせて、ハンサムな執事さんがお話ししてくれたって言ってたぞ」

と爽馬も口を出す。


ハンサムな執事さん……ね。

令二は不機嫌そうなムッとした顔にならないよう、気合いを入れてにこにこしなければならなかった。

「へぇ、執事さんなんていているんだ。前はお姉さんが一人でレジもしてたのにね。忙しくなったから雇ったの？」

「逆。あの人が来てから、忙しくなったの。お姉ちゃんも、めちゃくちゃ変わったしね。浅見くん、今のお姉ちゃんを見たら驚くよ」

令二の顔が、またこわばりそうになる。

「……楽しみだな」

どうにか感じがよくみえる笑顔をキープしつつ、つぶやいた。

麦がいたずらめいた口調で言う。

「それと、あの人は執事じゃなくて、ストーリーテラーだから」

◇　◇　◇

「いらっしゃいませ。ストーリーテラーのいる洋菓子店へ、ようこそお越しくださいました」

きらきらしたガラスのドアを開けて店内に入るなり、すらりとした長身を黒い燕尾服に包み、黒い髪をオールバックにした男性が優雅に一礼し、深みのある朗々とした声で歓迎の言葉を述べる。

「うわぁ！　本当に執事さんがいたー！」

「黒執事だー！」

「かっけーな、執事さん！」

「……」

漫画の世界から抜け出してきたような美形執事に、里香子と楓、爽馬は大興奮だ。

令二は執事な店員が予想していたよりもイケメンで、声もよくとおる艶のある美声だったのに気分を害していた。

年齢は二十代後半から三十代はじめくらいだろうか。それもまた、気分を害する要因のひとつになっている。

いや、この歳で、ケーキ屋でコスプレして店員のバイトをしているだなんて、絶対わけありだ。

たとえば元ホストで、女性問題でいざこざを起こして夜逃げしたとか、女性相手の怪しいキャッチセールスをして摘発されたとか、結婚詐欺《さぎ》師とか。

麦が執事に話しかける。

「カタリベさん、メールした友達。こっちの牧原くんのお母さんが、この前うちでシャルロットのアントルメを買ってくれて、牧原くんちで大好評だったんだって」

「それはひょっとして、清楚な白と黄色のワンピースがお似合いの、色白でチャーミングなマダムのことでしょうか？」

「あ、そんな服着てました」

「それはそれは、ありがとうございます」

「いえ、めっちゃ美味かったし、母さんも絶対また行く！　って言ってました」

「はい、お母さまにぜひめしあがっていただきたいお品がまだまだございますので、私もお越しを楽しみにしておりますとお伝えください」

　爽馬とのやりとりを聞きながら、やっぱり結婚詐欺師なんじゃという疑惑が令二の中でふくらんでゆく。

　口がうますぎる。

　よくこんなに流れるように、甘ったるい言葉が出てくるものだ。

　里香子と楓が、うっとりしている。

「執事さん、カタリベさんっていうんですか？　あたし、麦の友達の坂本里香子です」

「あたしは加藤楓です。執事さん、一緒に写真撮ってもらえますか？」

　執事が、

「申し訳ございません。店内やご注文いただいたお品物はご自由に撮影していただいてかまいませんが、スタッフの撮影はご遠慮いただいております」

　と丁寧に断る。

「残念」

「でも、執事さんの写真がＳＮＳで拡散されたら、お店にお客さんが押し寄せて大変なことになっちゃうし、仕方ないか」

「そうだね」

「ご配慮くださり感謝いたします。里香子さま、楓さま」

「やだ、里香子さまだって」

「楓さまだなんて」

女子二人が、きゃーっと声を上げる。

「あらためまして、私は語部九十九《かたりべつくも》と申します。執事ではなく、この『月と私』でストーリーテラーを務めさせていただいております。どうぞお見知りおきください」

「カタリベさんって、語り部？　それ、芸名ですか？」

「いいえ、戸籍にもしっかり記載されている私の本名でございます。この姓に生まれ落ちたときから、こうした仕事をさせていただく定めだったのでしょう」

「ストーリーテラーって、お伽噺とか聞かせてくれるんですか？」

「うん、あたしも気になってた。ストーリーテラーってなにする人なんだろうって」

里香子たちの疑問に、語部が両手を優雅な仕草で広げ、艶と深みのある心地よい声で答える。

「この店の、すべてのお品物に、ストーリーがございます」

彼がそう語ったとたんに空気が色と形を変え、焼き菓子やジャムの瓶や、薄い紙に包まれたキャラメルや、缶入りのキャンディーや、ケーキが並ぶショーケースが置かれた店の中に、魔法の気配が満ちたようだった。

「私の仕事は、これらの魅力的なお品物の中からストーリーを取り出し、お客さまに語り、お品物を選ぶお手伝いをさせていただくことでございます」

「お品物と一緒に、ストーリーもまたお持ち帰りいただければ、幸いに存じます」

里香子と楓は、ぽーっとしている。

「なんか、よくわかんないけど、カッコいい」

「カタリべさんにすすめられたら、この店のお菓子、全部買い占めちゃいそう」

爽馬は色気よりも食い気で、

「母さんも、店員さんの話がすごい良かったって。でも、おれ早くケーキ食べたい。どれにしようかな？　全部美味そう」

と、宝石箱のようなショーケースのほうへ歩いてゆき、よだれをたらさんばかりに上からのぞきこみ、物色をはじめる。

ケーキは一種類につきひとつずつ並んでおり、ライトに照らされて、宝飾品のように輝いている。

「当店では、満月、半月、三日月の、三つの月をご用意しております。期間限定の満月はレイヤーケーキでございます。薄く切ったスポンジのあいだに、ジュレ状の赤いラズベリージャムをサンドして重ねてゆき、表面をフレッシュなクレームシャンティでおおっております。ショートケーキを連想させ、広い層のかたにお好みいただける人気のお品でございます」

「半月は、チョコレートのムースをご用意させていただきました。ミルク味のチョコレートのあいだに酸味のあるレモンカードの層を作り、底にざくざくした食感のフィヤンティーヌを敷きつめました。お味や食感の変化を楽しみながらおめしあがりいただけます」

「三日月は、レモンのパリブレストでございます。通常パリブレストはシュー生地をリング状に焼きますが、当店では二つの三日月を向かい合わせに並べて、ひとつの円になるよう焼き上げました。中は定番のアーモンドをローストした非常に香ばしいプラリネクリームと、そこに甘酸っぱいレモンのジュレを加えているところが珍しく、新鮮なお味をお楽しみいただけます」

「うぉぉぉ、どれも美味そう！」

「えー、レイヤーケーキかな。でも、パリブレストも美味しそう」

「チョコレートムースとレモンのやつも気になる〜！」

爽馬と里香子、楓がケースの前でじたじたしている横で、令二は別のことを気にしている。

以前はこの店は、こんなふうではなかった。住宅地の中に埋もれた地味で目立たない店で、店内は薄暗く、棚に並ぶ商品のラッピングも古くさく、ショーケースは見事に茶色い菓子ばかりだった。

店員は一人きりで、シェフが製造から客の応対まで行っていたが、そのシェフが商品以上に地味で暗く、黒ぶち眼鏡をかけ、重そうな黒髪を頭の後ろでゴムでまとめ、よれよれのコックコートを着て背中を丸め、小声でぼそぼそ話す。

そんな彼女の様子を確認するために、令二はときどき店を訪れた。

家の人にお使いを頼まれたというふうを装って、クッキーや焼き菓子の詰め合わせを購入する。

レジに立つ彼女は、いつもおどおどびくびくしていた。

だから令二は――。

「あ、お姉ちゃん」

麦の声に、令二はハッとした。

ショーケースの向こうのガラスで仕切られた厨房に、麦の姉が姿を見せたようで、麦がレジの横を通って、厨房へ入る。

友達が来てくれたんだよ、みんなお姉ちゃんのお菓子を美味しいって——とでも話しているのだろうか。

麦の姉が嬉しそうに、恥ずかしそうに微笑む。

爽馬たちがガラスの向こうにいる麦の姉を見て、一瞬声をつまらせたあと、またざわめいた。

「って、なんだ、あの美人」

「あの人が麦のお姉さん、う、そ！　めちゃめちゃ綺麗なんだけど」

「えー、芸能人みたい」

——お姉ちゃんも、めちゃくちゃ変わったしね。浅見くん、今のお姉ちゃんを見たら驚くよ。

麦はそう話していたけれど、令二は全然驚かなかったし、どうしようもなくムカムカして苦い気持ちになった。

なんだよ、あの格好。眼鏡はずしたのか。

髪の毛、あんなに真っ黒だったのを染めたんだな。パーマもかけて。眉も整えて、メイクもしてるし。あのコックコート、スタイルが丸わかりだし。

くそっ！


麦の姉が、令二たちのほうへ顔を向ける。

花びらのような唇に、はにかむような微笑みを浮かべて会釈すると、爽馬たちは美人に挨拶されてテンションを上げ、

「うわぁ、こんにちは、こんにちは、こんにちは」

「お姉さんのフィナンシェ最高です」

「あたしもお姉さんのファンで」

と、口走りながら、ぺこぺこと何度もお辞儀をした。

令二も小さく頭を下げる。

そうして、じっとその顔を見つめていたら、向こうもようやく令二がいることに

気づいたようだった。

てか、遅いって、気づくの。


麦の姉の顔が、みるみるこわばる。

肩をすぼめ、背中がまるまってゆく。

麦が、どうしたの？　と尋ねたのだろうか。首を横に振って、ケーキを作る作業に戻り、もう令二たちのほうを見なかった。

それでも横顔が青ざめていて、唇が震え、ずっと下を向いている。

麦が厨房から出てきて、

「お姉ちゃんに、みんなに挨拶してって言ってみたんだけど、恥ずかしいみたい。ごめんねー」

と謝った。

「いや、じゅうぶんだって。いやぁ、いいもん見せてもらった」

「そうだよ、仕事の邪魔しちゃ悪いし」

「でも、お姉さん、ほんんんと美人だね」

爽馬たちの言葉に麦は、

「ありがとう」

と言ったあと令二のほうを見て、

「ね、びっくりしたでしょう？」

と、からりとした口調で言った。

令二は笑って、

「そうだね。お姉さんすごく綺麗になったね」

と答えておいた。

「それで、みんなどのケーキにするか決まった？」

麦が尋ねると、

「あ、そうだった」

「うわーん、決められない」

と、また悶《もだ》えはじめる。

麦が仕方ないなぁというように笑って、

「カタリベさんの今日のおすすめは？」

と、令二たちの後ろに控えていた語部を見た。

爽馬たちも一斉に期待に満ちた顔で、彼のほうを振り仰ぐ。

「さようでございますね。どれもおすすめですが、あえて本日、私がみなさまにおめしあがりいただきたいのは、満月のレイヤーケーキでございます。こちらに使用しておりますラズベリーは、秋田より仕入れた日本産でございます。外国産のラズベリーは通年流通しておりますが、国産のラズベリーはこの時季しか味わえません。旬のお味をぜひ、お楽しみいただきたく存じます。できれば小さな満月よりも、大きな満月で。ひとつの満月を、ここにいらっしゃるみなさまで分かち合っていただくのはいかがでしょう」

「ホールケーキか！」

「いいね！　誕生会みたいで楽しそう」

「うん、賛成。浅見は？」

「ぼくも、それがいいな」

意見がまとまり、レイヤーケーキのアントルメを注文する。

「ありがとうございます。本日は特別にお飲み物をサービスさせていただきますので、どうぞお席でお好きなものをお選びください」

「ありがとうございます」

「うわぁ、楽しみ」

「早く食いてぇ～」

みんなでわらわらとテーブルに移動し、席に着く。めいめいアイスコーヒーや紅茶を頼んだ。

令二は作業場を見通せる位置に、わざと椅子を動かして座り、そこからじっと麦の姉を見ていた。

こっちを向け。

ぼくを見るんだ。

さっさとしろ。

心の中で苛々《いらいら》とつぶやく。

麦の姉は背中を丸め、青い顔をしたまま作業を続けている。恐くて、令二のほうを見ることができないのだろう。

それでも気になっているようで、おずおずと顔をあげる。

臆病そうな目と、令二の冷たい目が合う。

「！」

相手はびくっとし、急いで顔を伏せた。

そんな姿を見て、まだ自分が彼女にとって影響力を有していることに、暗い喜びを感じる。

向こうも、令二を意識している。

見るのが恐いのに、視線を向けずにいられないほどに。

下を向くな。

もう一度、こっちを見るんだ。

強い意志を込めて念じれば、彼女の背中がさらに丸まり、細い肩が震え、白い耳たぶが赤く染まる。

そしてまた、そっと令二のほうを。

「！」

目が合えば火傷《やけど》したように肩を跳ね上げ、またうつむいてしまうのに、それでも頭の中に令二の姿が焼きついていて、令二の存在が彼女の中から消えることはない。

絶えず彼女を見つめ、彼女を責め立てている。

――忘れるな、と。

自分がみすぼらしく、ちっぽけで、無力な存在であることを、彼女は常に自覚していなければならない。

ガラスの仕切りの向こうで、彼女はどんどん惨めにうなだれてゆく。肩が縮こまり、背中が丸まり、若く美しいシェフから粗末な老女になってゆく。

それでいいんだ。

さぁ、ぼくを見て。

心の中で冷然と命じる。

その声が響き渡り、抗えないというように、彼女がまたのろのろと顔を――。

「お待たせいたしました。本日の大きな満月、ラズベリーのジャムを重ねた、レイヤーケーキでございます」

令二の視界にいきなり黒い燕尾服が割り込み、彼女へ続く線が遮断された。

まるで彼女を、令二の冷たい眼差しから隠すように、ガラスの仕切りを背に、すらりとした長身の男性が立っている。

表面をクリームでふわふわと波打たせた丸い月を、銀のトレイにのせてかかげ、もう片方のトレイでは取り分け用の白い皿と、長いケーキ用のナイフが光っている。

令二がこれ以上彼女の心をかき乱すようなら、ケーキ用のナイフで切りつけられそうな、すさまじい圧を感じた。邪悪な思念をすべて跳ね返す強者の瞳で、語部は令二を睥睨《へいげい》していた。

端整な口元は依然として、にこやかにほころんでいる。が、目の奥は笑っていない。

爽馬や里香子、楓はすっかりケーキに心を奪われていて、令二と語部のあいだで無言の闘争が勃発《ぼっぱつ》していることに気づいていない。

「うわぁ、美味そう！」

「カタリべさんが切ってくれるんですか」

「ホールケーキを上手に切るのって、難しいですよね」

語部が彼女を背中に隠したまま、艶やかな声で語る。

「さようでございますね。私もせっかくのお品を崩さず、シェフが作り上げた美しさをそのままお届けできるよう、だいぶ特訓いたしました。これからその成果をご披露させていただきましょう」

爽馬たちが、わぁっと声を上げる。

こら、どけよ、おまえ。

なんでそこに立つんだよ。見えないじゃないか。

どけってば、デカブツ。

殺したいような気持ちで念じるが、語部は長いナイフを握った手を品良く動かしつつ、燕尾服に包まれたしなやかな体や広い背中は微動だにしない。

テーブルに白い皿が五枚並ぶ。

筒状の器にお湯を注いだものにナイフを優雅に差し入れ、あたためてからケーキを切り分ける。

「すげー、ばっちり均等だ」

「物差しで測ったみたい」

「カタリベさん上手～。あとケーキナイフ持ったカタリベさんカッコいい」

切り分けたケーキを銀色のケーキサーバーにのせ、ホールからすっと引き抜くと、赤い宝石のようにきらきら輝く断面が現れ、また歓声が上がる。

「う、お……めっちゃインスタ映え」

「うあー、赤いケーキ、可愛すぎ」

「しゃ、写真撮っていいですか」

「はい、どうぞ。美しく撮ってさしあげてください」

「おれ、母さんたちに見せよーっと」

爽馬たちがスマホでぱしゃぱしゃと、写真を撮りはじめる。

一分の乱れもなく白い皿に移し替えられたレイヤーケーキは、やはりその断面の美しさが秀逸だった。

どろりとした赤い果実のジュレが、薄く切った何枚ものスポンジ生地と交互に重なり合い、きらめいている。その外側を包むふわふわ波立つ白い生クリーム《シャンティ》も、この上なく可憐だ。

語部はさらに、レイヤーケーキの横に赤いラズベリーのアイスと、黄色いレモンのアイスを添え、それらを赤ワインのソースで囲み、その上に砕いたピスタチオを散らしていった。

「こちらは、お飲み物とのセットでめしあがっていただくお客さまへのサービスでございます」

長い指を躍るように動かしながら、深みのある朗々とした声で、さらにレイヤーケーキにまつわるエピソードを語る。

「モンゴメリの『赤毛のアン』の中で、主人公のアンが牧師夫妻を招いてのお茶会の席でふるまうために、レイヤーケーキを作る場面がございます」

「アンがオーブンから出したケーキは、黄金の泡のようにふんわり軽やかにふくらみ、アンは嬉しさに頬を紅潮させて、横に切ったケーキのあいだにルビーのように赤いゼリーを何層にも挟み、かぶせてゆきました」

「ここでのゼリーは、赤いフルーツをとろとろに煮た半透明のジャムのことだと思われます。何故《なぜ》なら、当時の一般家庭に冷蔵庫はなく、この時代の書籍でもジャムとゼリーはあまり区別して使われておりません。なので当店でも果肉感が残る、フレッシュなラズベリーのジャムを挟ませていただきました」

爽馬も里香子も楓も、語部の話にすっかり聞き入っている。三人とも子供のように素直な表情をしていて、感心したり驚いたりしている。

麦は慣れているのかリラックスした様子で、にこにこしている。うちの店員さんはすごいでしょう、と得意になっていそうで、令二はイラッとした。

執事が、令二と彼女のあいだの壁になっていて、彼女の姿がまったく見えないことに苛立ちが増してゆく。

さっさとどっかへ行け。

店からも出ていけ。

なんとかして、このうさんくさい男を辞めさせることはできないか？　そうすればこの店も彼女も、もとのみすぼらしい姿に戻るだろう。

どうすればいい？　語部になにか問題を起こさせれば……。

「さて、アンのレイヤーケーキのエピソードには続きがございます。見た目は、たいへん美しく仕上がったケーキでございましたが、あろうことかアンはバニラ・エッセンスの香料と間違えて、痛み止めの塗り薬を入れてしまったのでございます」

令二の心臓が、ドキリと音を立てた。

まさか、彼があのことを知るはずはない。

レイヤーケーキの話をしているだけだ。

「当然ケーキは、この世のものとは思われぬお味となり、知らずに口にされた牧師の奥さまはたいそう微妙な表情をされ、それを見たアンの養い親のマリラが、『どうぞめしあがらないでください』と伝え、アンの大失敗があきらかになったのでした」

もう十年も前のことだ。

令二はまだ幼稚園に通っていて、彼女は高校生で、今の令二たちとちょうど同じくらいの歳だった。

「アンは絶望のどん底に突き落とされ、大いに嘆きます。きっとこのことは村中に広まり、痛み止めの塗り薬をケーキに使ったと、永遠に後ろ指をさされると。敬愛する牧師夫人にももうお目にかかれない。毒殺しようとしたと思っているかもしれないと」

――ごめんなさい。わ、わたしが材料を間違えてしまったみたいで。

――ごめんなさい。食べないでください。ごめんなさい。

真っ青な顔で謝り続けていた彼女。

泣きわめく子供たち。

令二も、声を放って泣いた。

「そして、これは私が月から聞いたお話です」

空気がまた変わった。

アンの失敗エピソードで爽馬たちを笑わせたあと、語部が口元に意味ありげな笑みを浮かべて、歌うように語り出す。

彼の眼差しは令二のほうを向いている。

さぁ、心してお聞きくださいませと、挑発するように。

「あるところに、ひとりの女子高生がおりました。彼女はとても内気で恥ずかしがり屋でしたが、お菓子を作って、それを食べてもらうのが大好きでした」

「もっとたくさんの人に、わたしのお菓子を食べてほしい。その人たちが、美味しいと言って笑ってくれたら嬉しい」

「そんなふうに願っていた彼女に、大きな幸運が舞い込みました。近所の児童館で子供たちのためのお茶会を開くことになり、彼女はケーキを焼いてほしいと頼まれたのです」

令二の心臓が、今度はぎゅっと縮んだ。

まさか、こいつ。

「どんなケーキを作ったら、子供たちに喜んでもらえるだろう。彼女は一生懸命に考えて、本番で失敗をしないように試作を繰り返し、お茶会の前日に、それは可愛らしいケーキを焼き上げたのです。彼女の小さな妹とお友達が、お手伝いをしてくれました」

麦はにこにこしている。

語部が誰のことを話しているのか、わかっているからだろう。

もし、麦が不用意なことを口にしたら。

いや、その前に語部が、あのことを暴露したら。

いいや、それは知らないはずだ。

「それは、ピンクの砂糖衣をかけた、ラズベリーのマーブルケーキでした。クグロフの型を使って、砂糖衣の上にはラズベリーのドライフルーツを散らして、可愛らしさを引き立てます。見事に完成したケーキを彼女は子供たちのお茶会へ運び、彼らの目の前で切り分けていったのです。どうか気に入ってもらえますように、と胸を高鳴らせながら」

ケーキの断面は、あざやかな赤のマーブル模様だった。

くっきりと浮かび上がる赤い曲線を、令二は鮮明に覚えている。

セーラー服の上から水色のエプロンをかけた眼鏡の彼女が、長いナイフで慎重にケーキを切り分け、一番大きなかたまりをくれたこと。


――お手伝いしてくれてありがとう、令二くん。

恥ずかしそうに、嬉しそうに、微笑んで。

「ところが、ケーキを口にした子供たちは次々に泣き出したのでございます。ケーキには、毒が仕込まれていたのでございます」


令二はあやうく立ち上がり、黙れ！　と叫びそうになった。

爽馬たちが、

「げっ、毒？」

「えー、なんで」

「それって大事件じゃ」

と騒ぐ声に我に返り、なんとか衝動を抑え込む。が、全身が冷水を浴びせられたかのように冷たい。

うなじのあたりが、ずっとゾクゾクしている。

麦が笑いながら口を挟んだ。

「毒なんかじゃないよ。お姉ちゃんが、アンみたいに材料を間違えちゃったってオチ。みんなわんわん泣いちゃって、大騒ぎだったのは本当だけどね」

「なんだ、三田村さんのお姉さんのことだったのか」

「カタリベさんの口調が真に迫っているから、ドキドキしちゃった」

「あたしもだよ。けど、こんな素敵なお菓子を作るお姉さんも、昔は失敗もしたんだね」

「今でも、かもしれませんよ」

語部が暗い笑みを含んだ声で言う。

「実はみなさまに切り分けたレイヤーケーキには、毒をひそませてございます」

「ええっ！」

「うそぉ！」

「冗談だよね」

みんなが口々に叫ぶのに、語部は含みのある表情のまま微笑んでいる。

「どのケーキに毒がひそんでいるのかは、そのかたのご運しだいです。ただ――この毒は、心に罪を隠しているかたにあたる確率が非常に高く。毒にあたれば、罪が白日のもとにさらされてしまいますので、お気をつけくださいませ」

心に罪どころか、隠しごとさえないのであろう爽馬たちは、やっぱり冗談だ、ちょっと本気にしちゃったよ、と笑ったが、令二は冷や汗が出てきた。


毒が入っている？

そんなことするはずない。それにぼくが入れたのも、毒なんかじゃない。


でも――もし、本当に毒が入っていて、令二がしたことが、ここにいるみんなにわかってしまったら。

語部はサディスティックな眼差しで、令二を見ている。

間違いない。こいつは、ぼくがしたことを全部知っているんだ。それでぼくを脅《おど》して楽しんでいるんだ。

悔しくて体がはじけそうだが、この場所は彼の魔法がそこかしこにほどこされた、彼のテリトリーで、どうにもできない。

今の令二は、罠《わな》に誘い込まれた小動物だ。

いたぶる立場から、いたぶられる立場に逆転してしまった！

爽馬たちが、レイヤーケーキをフォークで縦に切り下ろして、あざやかなラズベリーのジャムの層を口に頬張る。

「んんんまぁっ！」

「ラズベリーのジャムが、ほとんど果肉みたい！　すっっっごい濃厚」

「香りが口の中でぱぁーっと広がって。うわぁ、もうもうもう、あたしこれ好きっ！　大好き！」

絶賛の声が、令二の耳に一度に押し寄せる。

語部は令二を、じっと見ている。

食べないわけにはいかない。

銀のフォークをぎこちなく握り、生クリームと薄いスポンジ、そこからこぼれ落ちそうになっている赤いラズベリーのジャムを切り分け、のろのろと口へ運ぶ。

首を絞められているみたいで、息が苦しい。

——毒をひそませてございます。

——この毒は、心に罪を隠しているかたにあたる確率が非常に高く。

——毒にあたれば、罪が白日のもとにさらされてしまいますので、お気をつけくださいませ。

毒がひそんでいるとすれば、それは令二のケーキの中にしかありえない。表はふわふわと白い生クリームで、中にどろどろした赤い層がある。それはまるで、嘘《うそ》と罪を重ねていった令二自身のようで——。

口に入れたとたん、あの日お茶会で彼女が焼いたケーキを頬張った直後の自分が、そのしかめっ面や、幼い声と一緒にあざやかによみがえった。

——うぇぇっ、まずーい。

「あ……」

フォークを持ったまま、令二は放心している。

「どうした？　令二」

「あんまり美味しいんで、茫然《ぼうぜん》としちゃったんでしょう？」

爽馬たちの言葉に、まだ現実感が持てないまま、
「……うん、美味しい」
と言葉が勝手に口からこぼれていった。

美味しい？

毒は？

入ってない？

てか、美味しい……。めちゃめちゃ美味しい。

みんなが言ったとおり、口の中に赤いラズベリーのジャムの香りが濃密に広がる。まるで摘み立てフレッシュな実を食べているみたいだ。
そして、実際の果実よりも甘くて、それがラズベリー本来の魅力をさらに高めているように思える。
薄く切ったスポンジは確かな弾力を持ち、濃厚なジャムに寄り添い、混じり合う。
表面に波打つように塗られた白い生クリームは甘さ控えめで新鮮で、ジャムの濃

厚さをふわりとやわらげてくれる。


悔しい……美味しい。

美味しい。

悔しい。

美味しい。


赤い層が重なるレイヤーケーキを、令二は無言で食べ進めた。

毒が入っているなんて、やっぱり大嘘じゃないか。

語部の話術に引っかかって、焦りまくって、みっともない。

悔しい。

美味しい。


語部がやわらかな口調でまた語り出す。きっと、してやったりという顔をしているだろう。しゃくだから、そっちは見ない。

その声にだけ、耳をすます。

「人は過《あやま》ちを犯しても、立ち直る生き物でございます」

「塗り薬の一件から立ち直ったアンも言っております。一人の人間がする間違いには、限りがあると。そう思うと気が楽になると」

「そして、明日はまだ何ひとつ失敗をしていない新しい日なのだと」

「アンが次に作るレイヤーケーキは、きっと素晴らしいものになったでしょう。そう、みなさまがめしあがっているこの赤い果実のケーキのように。どうぞごゆるりとおめしあがりくださいませ」

語部が優雅に一礼し、厨房へ下がる。

令二の目に、ガラス仕切りの向こうがわに立つ麦の姉が見えた。

青ざめ肩をすくめ、背中を丸めて縮こまっていた彼女は、今はすっきりと背筋を伸ばし、静かな表情を浮かべていた。

澄んだ目には、令二が知っている彼女にはなかった芯《しん》の強さが感じられる。

その目は令二を見てはおらず、黒い燕尾服を身にまとった長身の男性のほうへ向けられていて。

彼女に歩み寄る彼を、信頼のこもる眼差しで見上げている。

ひたむきにじっと。

彼が彼女になにか言うと、ちょっと目を見張って、それから花が開くように笑みくずれた。

胸がしめつけられるような、美しい笑みだった。

語部の口元にも微笑みが浮かび、先ほどまで令二に向けられていた冷たい瞳が、お湯をかけたようにやわらぎ、とける。

語部がまたなにか言って、彼女は微笑んだまま、こくり、こくりと、うなずいている。


そうだった……彼女は、こんなふうにやわらかく笑う人だった。

令二の胸に、ひりひりするような切なさとともに、幼い日の記憶がよみがえる。

そのとき令二はまだ幼稚園に入ったばかりで。

母親が迎えに来るまでのあいだ、麦や他の子供たちと一緒に園庭で遊んでいたら、転んで怪我をしてしまったのだった。

膝に血がにじんでべそをかいていたが、先生たちはちょうど忙しくしていて、令二が転んだことになかなか気づいてくれなかった。

心細くて、足もひりひりして、ますますべそをかいていたら、黒い髪を後ろでひとっに結んで眼鏡をかけた、セーラー服のお姉さんがやってきて、優しく令二の手をとってくれたのだ。

お姉さんは令二の膝を水道で洗ってくれて、先生のところに連れていってくれた。


——もう血もとまったから、大丈夫よ。


小さくて、あたたかな声でささやいて、微笑んだ。

そのお姉さんからは、バニラの甘い香りがした。

彼女は麦の姉で、麦を迎えに来たらしかった。令二は麦と仲良くなり、麦の家に遊びに行くようになった。


——こんにちは、令二くん。


うんと年下の子供を相手に、麦の姉はいつも丁寧に挨拶をし、少し恥ずかしそうに微笑んだ。

その内気な笑みが、令二は好きだった。

それに、いつも彼女がただよわせている甘い香りにも、ドキドキした。

お菓子作りが好きなようで、令二たちに手作りのクッキーやカップケーキを振る舞ってくれた。

令二の母親が買ってくるお菓子よりも美味しくて、胸がほっこりして。

けれど、他の子供たちが、美味しい、美味しい、と言うのを、彼女が嬉しそうに微笑んで見ているのは嫌だったし、彼女が令二以外の誰かに笑いかけるたびに、苛々した。

子供会の集まりで、彼女が手作りのケーキを用意する大役を仰せつかったと知ったときも、令二の胸にわきおこったのは、刺々しく暗い感情だった。

ケーキが美味しくできたら、彼女は子供たちに囲まれて、人気者になってしまう。

そんなの絶対に許せない。

彼女がもう二度と、令二以外の子たちにお菓子を作ってあげようなんて思わなければいい！　だから、彼女の手伝いをするふりをして、彼女の目を盗んでキッチンにあった調味料を適当に混ぜ入れたのだ。

彼女も、周囲の大人たちも、令二のことを賢くてお行儀の良い純真な子供だと信じ込んでいたので、誰も令二がそんなことをするなんて疑わなかった。

――お手伝いしてくれてありがとう、令二くん。

内気な花のように微笑んで、令二に一番大きなケーキをくれた彼女の顔が、令二がまずいとべそをかいたとたん、みるみる青ざめて。

　そのあと、他の子供たちも、おいしくない、へんな味がする、と泣き出して、お茶会は台無しになり、彼女は身を小さくして、自分も泣きそうになりながら、ごめんなさい、ごめんなさい、と謝り続けていた。

　あれから彼女は内気な性格に拍車をかけ、人目を気にして、こそこそびくびくするようになった。

　背中が丸まり、いつもうなだれて。

　お洒落とも無縁で、地味な格好ばかりしていて。

　令二にはそのほうが好都合だった。

　何故なら、彼女がとても綺麗なことを、令二はずっと知っていたから。

　麦の家に遊びに行くと、トイレに行く振りをして、よく彼女のことをのぞき見していた。

　眼鏡をはずした素顔や、ひっつめた髪をほどいたところも、部屋で薄着になったときのなよやかな曲線や、透きとおるような真っ白な肌も、全部見ていた。

　知っていた。

　だから、令二が大人になるまで、彼女の美しさを隠しておかなければならなかった。

彼女が綺麗だとわかったら、きっとすぐに彼氏ができてしまうだろう。

そんなことさせるものか。

彼女はお茶会の事件以来、令二を見るとビクッとし、青ざめて、話しかたもぎくしゃくするようになっていた。

そんな彼女に、令二は笑顔でいろんな毒を注いだ。

――麦ちゃんとお姉さんって、きょうだいなのに全然似てませんよね。麦ちゃんは活発で社交的で、顔も可愛いから、学校でも人気者なんですよ。

――ぼく、お姉さんのこと、ずっと麦ちゃんのお母さんだと思ってました。ぼくの母と同じくらいの歳かなって。母もそう言ってました。あら、違うの？　ってびっくりして、失礼ですよね。

――お姉さんは明るい色の服を着ると、そこだけ悪目立ちして浮いちゃうから、暗い色合いのほうが似合いますよ。

――お姉さんがお茶会で作ってくれたケーキ。あれ、本当にまずかったなぁ。今でもトラウマなんですよ。

——お姉さんがケーキ屋さんを開くなんて。大丈夫なんですか？　また、お茶会のときみたいに、うっかり材料を間違えないでくださいね。

——このあいだこの店で買ったマドレーヌ、ちょっとしょっぱかったんですけれど、あれってもとからああいう味なんですか？

——クッキーがちょっとしけていたような気がします。あ、クレームじゃないので、返金は結構です。ただの個人の感想ですから。

小学校の高学年になるころには、以前ほど麦の家に遊びに行《ゆ》くことはなくなった。けれど、麦の姉への接触は偶然を装って定期的に行《おこな》っていたし、彼女が自宅の一階を改装して洋菓子店をはじめてからも、客として訪れた。

そうして、彼女に呪いをかける。

彼女が実際の年齢よりもフケて見えるように。

みんなから、つまらない地味な女性だと思われるように。

決して彼女が自信をつけて、本来の美しさを、男たちに不用意に見せびらかしたりしないように。

あまりにも毒を注ぎすぎたせいだろうか。麦の姉は令二を見ると、反射的に青ざめ、またなにか言われるのではないかと、びくびくするようになった。

そんな様子は、令二にとって罪悪感よりも、彼女に影響を及ぼし支配する力を自分が持っているのだという悦《よろこ》びに繫《つな》がった。


もっと、ぼくのことを怖がればいい。


もっと、ぼくに怯《おび》えて、ぼくの言葉に傷ついて、ぼくの言葉に悩まされて、ぼくのことしか考えられなくなればいい。

今は怖がられて避けられていても、ぼくが大人になったらうんと優しくするから。綺麗だね、可愛いね、美味しいねって、毎日褒めちぎって、大事に大事にするから。

そうしたらきっと、彼女も令二を好きになるはずだ。

彼女を愛してくれる男なんて、この世に一人もいないのだとずっと思い込ませてきたから、令二が愛の言葉をささやけば、いちころだ。


その予定だったんだけどな……。

どうやら自分は大きな過ちを犯したらしいと、この店へ来て、令二は思い知らされていた。

令二がこれほど長い年月を費やしてかけた呪いは解かれ、彼女は美しさと自信を取り戻し、彼女のかたわらには令二ではない男が当然のように立っている。

そして彼女がこんなに美味いレイヤーケーキを作ることも、令二は今日、初めて知った。

赤い果実の濃厚な香りが口の中いっぱいに広がり、もっちりとしたスポンジや、爽やかな生クリームとからみ合いながら、喉《のど》をすべり落ちていったとき。

ああ、美味いなぁ。

と、純粋に感動した。

執事なストーリーテラーは、お茶会のケーキが失敗した本当の理由を語らなかったけれど、きっと気づいていたのだろう。

その上で、令二に脅しをかけ、さらには未来への訓示までご丁寧に語ってみせた。

――人は過ちを犯しても、立ち直る生き物でございます。

悔しいが完敗だ。

同じテーブルでは、爽馬たちが満足しきった表情で、すげー美味かった、絶対また来る、あたしも通っちゃう、と言い合っている。

会計のとき、調理室から麦の姉が出てきて、

「今日はありがとうございました」

と挨拶《あいさつ》をした。

「めちゃくちゃ美味かったです。帰ったら母さんに自慢しまくります」

「あたしも、まだ口の中にラズベリーの香りが残っているみたいです」

「もう、今まで以上にお姉さんの、大大大ファンになっちゃいました」

令二も口を開いた。


「ごちそうさまでした。とても美味しかったです」


わざとらしい笑顔も、毒を含んだ言葉もなしで、ただ感じたままを素直に伝える。

令二と視線を合わせずにいた麦の姉が、ほんのわずかに目を見張り、令二のほうへ顔を向けた。

そうして、唇をほころばせて。

もうずいぶん長いあいだ、令二へ向けられることのなかった内気な花のような笑みを浮かべて、

「ありがとう、令二くん」

と言った。

それを見守るストーリーテラーの顔も、令二がしゃくにさわるほど優しげだった。

◇　◇　◇

「令二くんはさ、お姉ちゃんのことが好きだったんだね」

店を出たあと、爽馬と里香子、楓を駅まで見送り、令二は麦と二人で星がまたたきはじめた道を、歩いている。

麦に指摘されて、さらに、

「お姉ちゃんがお茶会で失敗したお菓子、あれも令二くんがなんかしたんでしょう。カタリベさんが話してたとき、令二くんヘンだったから、あ、そうだったんだって、ピンときちゃったよ」

令二のしでかした過ちまでバレていて、苦笑した。

「やっぱり、あのレイヤーケーキは毒入りだったんだな。毒にあたったら、罪が白日のもとにさらされてしまいますってやつ。あいつ一体何者？　ぼくにとっては魔

界から降臨した悪魔だけど」

「あたしもよく知らないんだ。でも、カタリベさんが来てからお姉ちゃんはすごく変わったし、もし悪魔でも、お姉ちゃんにとっては、いい悪魔だと思う」

「なんだよ、それ」

おだやかに見つめ合っていた二人を思い出して、胸をズキッとさせていると、麦が意外な提案をした。

「あたしは令二くんの幼なじみだから、お姉ちゃんのこと応援するよ。もちろん、お姉ちゃんの気持ちが一番大切だし、令二くんはお姉ちゃんのこといじめすぎたから、かなり頑張らないと厳しいと思うけど」

「いいのか」

「うん、その代わり、令二くんもあたしの恋を応援して」

「相手が誰かによるけど」

「内緒だよ。……牧原くん」

「え？　はぁ？」

意外すぎて、ヘンな声が出てしまった。

「爽馬？　そりゃ、いいやつだけど。あいつはいろいろ大変だぞ。筋肉バカだし、鈍感だし」

「頑張る。だから同盟を結ぼう。あたしは令二くんの恋を、令二くんはあたしの恋を応援し合うの」

いつのまにか麦の姉の洋菓子店の前まで、戻ってきていた。

「それもいいかもな」

人は立ち直る生き物だから。令二はずっと彼女に対して過ちを犯し続けていたけれど、もうやめる。そんなやりかたでは、あの男には勝てない。

これからはもっと彼女に優しくしよう。

店にも頻繁に顔を出すようにして。

幸い近所だし。物理的にでも、彼女との距離が近いというのは良いことだ。

「決まりだね。あ、カタリベさん！」

にっこりして手を差し出した麦が、いきなり呼びかけた。

店のドアが開いて、ちょうど語部が出てきたところだった。

「まだ閉店時間じゃないよね、どうしたの？」

「自宅に少々用事ができまして。こういうとき職場と近いと便利ですね。やはり引っ越してきて正解でした」

今、いろいろと聞き捨てならないことを聞いたような……。

語部は燕尾服のまま、令二の前を会釈して通りすぎ、そのまま隣に建っている古いマンションに入っていった。

「おい、あいつ、そこに住んでるのか！」

指をさして尋ねると、麦がけろりと答える。

「うん、ちょうど二階のお姉ちゃんの部屋の真向かいの部屋が空いていて、よくうちのベランダとカタリベさんちの窓のとこで、二人で話してるよ」

「っっ、めっちゃ親密じゃないか」

「朝とか夜寝る前とか、パジャマで」

「パジャマ！」

そんなの、ぼくも見たことないのに。

月が淡い光を小さな洋菓子店と、その隣の瀟洒《しょうしゃ》なマンションに投げかけるその前で、焦りまくる令二に、麦は爽やかな笑顔で、

「だからさ、令二くんがあたしの義理の兄になるためには、もうめいっぱい頑張らなきゃね」

と言い、それに対して令二は地団駄《じだんだ》を踏んでわめいたのだった。

「くそっ、おまえも悪魔かよ」

月が笑っているみたいだった。

ティーブレイク

こしょうが
ぴりりときいた
ビスキュイをつまみながら

Tea Break

「んー、令二くんに、まったく勝算がないわけではないと思うんだよね」

学校帰り、夕暮れが迫る公園のベンチに制服を着たまま並んで座り、麦は令二と話している。

あ、これお姉ちゃんがまかないで作ったこしょうのビスキュイだよ、と半月の形に抜いた一口サイズの焼き菓子を、小さなフルーツケースにつめたものを差し出すと、令二は綺麗な顔をしかめて、

「今のぼくに、どんな勝算があるっていうんだ。語部の過去や身辺を調べまくって、あいつがとんでもない詐欺師の悪党だって暴露するか、弱みを握って店を辞めさせるほうが確実じゃないか」

と、また物騒なことを悔しそうに口にした。

ああ～黒いよ、令二くん。真っ黒だよ。

こんなの令二くんのファンの女の子たちが聞いたら、泣いちゃうよ。

先日の毒入りレイヤーケーキ事件以来、令二は麦の前では素の自分を隠さなく

なった。それはいいのだけれど、学校では性格のいい爽やかな優等生で美少年として知られている令二が、やさぐれた口調で企《たくら》みを語る姿は、幼なじみの麦でも引いてしまうときがある。

お互いの恋を応援し合おうと麦のほうから提案したのは、語部にやり込められて自暴自棄《じき》になった令二が、姉や語部に対して、なにかやらかすのではないかと心配したためでもあった。

あたしが令二くんの話し相手になって、少しガス抜きしてあげよう、と思ったのだ。ついでに牧原くんの情報をもらえたらいいことずくめだと。

けれど、語部が麦の家の隣のマンションで暮らしていて、パジャマ姿の姉と窓越しに語らっていると聞いて、暗黒度が高まっている。このままだと本当に語部の過去を洗いざらいほじくり返し、弱みがなければ捏造《ねつぞう》したりもしかねない。

令二くんならやりそう。

そこで、そんなことをしなくても、令二くんに勝算がないわけではないと言ってみたのだった。

どうせ口だけだろ、というふうに睨《にら》んでくる令二に、麦は勿体《もったい》ぶって、とっておきのマル秘事項を打ち明ける。

「それがさ、どうやらお姉ちゃんはカタリベさんの好みのタイプじゃないみたいなんだよね」

「は？」

「カタリベさんがつきあいたい女性のタイプは、さばさばしていて明るくて、いつも陽気におしゃべりして、大声で笑っているような、溌剌《はつらつ》とした健康的な人なんだって。お姉ちゃんが落ち込みながら、そう言ってた」


――今日……綺麗な女性のお客さまから、語部さんがデートに誘われていて。語部さんは丁寧にお断りしたのだけど……。わたしが、語部さんはおつきあいされているかたがいらっしゃるのですか？　って訊いたら『今はおりませんが、私の好みのタイプは昔から一貫しております』って……。

――そういう女性とでしたら、ぜひ誠実なおつきあいをさせていただきたいですね。もちろん、お客さまでは困りますが、って。


姉が肩をしょんぼり落としていたのは、語部の好みが自分とまるで正反対だったからだろう。

わたし……やっぱり語部さんに嫌われているのね……なんて言っていて。

「てか、語部の好みのタイプっておまえじゃん、麦」

「だよね」

姉も令二と同じことを言っていた。

――語部さんは……麦のことが好きなんじゃないかしら……。麦がまだ高校生だから、麦が大人になるのを待っているのかも。きっとそうだわ。語部さんは麦に、とても優しいし……。

目にうっすら涙をためて、肩をぷるぷる震わせながら、わたし……麦と語部さんがおつきあいするなら、しゅ、祝福……するわ……なんて言って。

「なに？　あいつロリコン？　麦狙いで店に居着いたわけ？」

令二の機嫌がとたんに上向く。

「その言いかたはどうかと思うよ、令二くん。それにカタリベさんが店に来たのは、あたしに会う前だし、あたしが、『カタリベさんのタイプって、あたしなの？』って訊いたら、『ああそうですね、麦さんはとても好ましいお嬢さんですよ』って、なんか大人のヨユーって感じで流してたし、あたし狙いは百パーないでしょ」

「……おまえも、そんなずばり訊くなよ」

令二があきれている声で言ったあと、またむっとした顔になる。

「じゃあやっぱり、麦のお姉さん狙いじゃん」

「でも、カタリベさん、お姉ちゃんに『仕事以外のことで私に近づかないでください、一切話しかけないでください』って言ったらしいし」

「……マジかよ」

「うん、お姉ちゃん真っ暗になって、雨雲背負っているみたいだった」

——きっとわたしが、じめじめしていて、後ろ向きで鬱陶《うっとう》しいから……。


「なんで語部のやつは、そんなことを言ったんだ？」

「さぁ……お姉ちゃんは、『わたしは語部さんに嫌われているから』って言ってたけど」

「……」

「お姉ちゃんのこと嫌いなら、うちで働いたりしないだろうから、なにか事情があるのか、お姉ちゃんのことが嫌いじゃなくても、苦手なのかも。どっちにしても、令二くんが心配してるみたいに、語部さんはお姉ちゃんを口説《くど》いたりしてないし、厨房でいちゃいちゃもしてないよ。そもそもお姉ちゃんは、自分が語部さんに好かれてると思ってないし」

しょっちゅう『わたしは語部さんのタイプじゃないから、語部さんに嫌われているから』と落ち込んでいるくらいだ。

令二はしばらく難しい顔で黙り込んでいたが、やがてボソリと、

「……そっか」

と安堵《あんど》したようにつぶやき、

「そうなんだ」

と今度は少し黒い顔で、目を光らせた。

「なら、ぼくにも勝算はあるかもな。よし、ぼくはこれからお姉さんに、うんと優しくしよう」

そう言って、先ほどは無視したこしょうのビスキュイをつまみ、ぽいっと口に放り込んだ。

「わ！　なんだこれ、すげーこしょうがきいてる。全然甘くないのな。ちょっとパンみたいだ。でも、美味い」

「でしょ」

カタリベさんもお気に入りなんだよ、と令二が機嫌を悪くしそうな情報はあえて黙っていた。

「これ、店でも売ってる？　今度買いに行こう。てか今日行く、今から行く！　お姉さんに優しくしに行く！」

ぴりっとこしょうのきいた、半月の形のビスキュイをぱくぱく口に運びながら、すっかり元気になった令二が言う。

この、こしょうのビスキュイは、お姉ちゃんがカタリベさんのために作ったたっていうのも、黙ってたほうがいいよね、うん。

――ワインのつまみになるお菓子などあれば、個人的には嬉しいですね。

夜、月に照らされたベランダに、パジャマにカーディガンを引っかけて立つ姉と、向かいのマンションの窓から、ガウン姿の語部が、新しい商品について話していて。語部の言葉に姉は唇をほころばせ、月の光を吸い込んでうっすらと光る頬も、とろけそうだった。

――ワインに合うお菓子、ですね。こしょうは、どうでしょう?

――いいですね。ピリッとした小気味よい刺激は、脳を活性化し、停滞を打ち切る力があるように思います。簡単につまめるものとなると、サブレかメレンゲ……。

――半月のビスキュイ……は、地味でしょうか?

――ならば、ふちにフリルをつけた型で抜きましょう。ふちが波打つ半月、なにやら象徴的で、イマジネーションが広がります。パッケージの水色のリボンが映えるように、こしょうの粒を少々トッピングしてもよいかもしれません。リボンをほどき、袋を開けたとたん、こしょうの香りがツンと鼻孔《びこう》を刺激したら、それだけでもう私もお客さまも、つばがわいてしまうでしょう。

——はい、波打つ半月なんて素敵です。早速試作してみます。

——楽しみです。

交わされる声の甘さに、聞いているだけで胸がくすぐったくなってしまうような、二人のそんなやりとりを、麦はそれ以外にも何度も見聞きしてきた。

あわあわとした月明かりの下や、閉店後の静かな厨房で。

口下手な姉がぽつぽつと紡ぐ言葉を、語部が丁寧に拾い上げ、輝かせてゆく。『地味でしょうか?』と心配そうに尋ねる姉に、甘い、甘い、声で、それはとても素敵な考えだと。こうすれば、もっと素晴らしいものになるのではないかと。

姉の声も甘く弾み、

——それならババロアの中に、杏を丸ごとひとつ入れてみてもいいかも。杏はレモン汁でコンポートして。

と夢中で語り出すと、語部の声もさらに華やぐ。

――食べ進めた先にそんな喜びが待っていたら、さらにときめくお品になりそうですね。私も語り甲斐《がい》があるというものです。

――はい。見た目でも味でも、お客さまがドキドキして、ときめいてくださるようなケーキに仕上げたいです。

はにかみながら目を輝かせる姉の横顔を、語部が甘い眼差しで見つめている。その視線に姉も気づいて、頰を染めてもじもじとうつむいて。その様子を、語部がますます優しい眼差しで見つめて……。

お姉ちゃんはカタリべさんに嫌われているって言うけど、そんなこと絶対ないよね。

カタリべさんが一番優しいのって、誰がどう見てもお姉ちゃんに対してだし。

店がリニューアルオープンして間もないころ、麦は語部に尋ねたことがある。何故、お姉ちゃんの店で働こうと思ったのかと。

――カタリベさんは、普通の会社に勤めていたんでしょう？　どうして畑違いのケーキ屋さんに？

すると語部は目をやわらかに細めて、こう答えたのだ。

――私は、つくしたいタイプなのです。つくすに値する人や物に出会ってしまったら、それはもう運命です。

――自分が、この上なく素晴らしいと思えるものを、誇りを持って語ることができる。ストーリーテラーとして、これ以上の喜びはありません。

大袈裟《おおげさ》な言い回しに面食らいつつ、麦は赤面してしまった。

お姉ちゃんが運命の人ってこと？

あのときはカタリベさんはお姉ちゃんの恋人なのかな、なんて思ったけれど、その後姉から『わたしは語部さんに嫌われている』『仕事以外では近づくな、話しかけるなと言われた』などの泣き言の数々を聞かされて、語部九十九という男性がどういう人で、何故住宅街の小さな洋菓子店の店員をしているのかは、麦の中でますます謎《なぞ》になっている。

つくしたい相手に、近づくななんて言うかなぁ……。

でも、黒い燕尾服に身を包んだストーリーテラーが内気な姉を支え、力になっているのは間違いなくて。

まぁ、カタリベさんの本心は謎だけど、お姉ちゃんは確実にカタリベさんに恋しているよね……。

早く店に行こうとせかす令二の隣で、半月の形をしたこしょうのビスキュイをひとつ口に入れて、そのピリッとした味わいに舌と脳を刺激されながら――。

お姉ちゃんがカタリベさんに片想いしていることは、令二くんには黙っておこう。

と考えていたのだった。

第四話

薔薇と月に抱かれた、ひんやりジューシーなピーチメルバ

Episode 4

「わぁ、アシェットデセール？　最高じゃないですか！　りょうさん、一緒に行きませんか？」

大学生だという、ゆるっとしたピンクのＴシャツを着た男の子は、目を生き生きと輝かせて屈託のない口調で言った。

その言葉に一瞬啞然としたあと、大急ぎでうなずいたのだった。

「ぜ、ぜひっ」

◇　◇　◇

凌吾《りょうご》が会社の行き帰りに通る道に、一軒の洋菓子店がある。

以前は住宅地の中に埋没して気づかないほど地味な店構えで、ここって、なんの店だろう？　とたいして気にしていなかった。

それが、今年の春先に改装工事が行われ、ケーキが並ぶショーケースや、宝石箱みたいな焼き菓子の詰め合わせや、イートイン用の丸いテーブルなどがガラス越しに見渡せる、お洒落な店に生まれ変わった。

『ストーリーテラーのいる洋菓子店
　月と私は、こちらです』

　爽やかな水色にレモンイエローの円を組み合わせた立て看板が、分かれ道に置かれ、ストーリーテラーってなんだ？　と思いながら店の前を通るとき、いつもそわそわしていた。

　それは凌吾が、シャイなケーキ好きのためだった。

　昔から甘いものに目がなく、小遣いのほとんどを学校帰りのコンビニで、アイスやチョコレートやクッキーを買い食いすることに費やした。

　誕生日やクリスマスにケーキを食べられるのが嬉しくてたまらず、何ヶ月も前から今年のケーキはどんなものだろうと、胸をときめかせた。

　就職し、家を出て一人暮らしをはじめてからは、コンビニスイーツにはまり、あれこれ食べ比べ、ノートパソコンのメモ帳に感想を書き留めたりしている。

　そんな凌吾の願いは、もっと気軽にいろんなケーキを食べ歩きたいという、凌吾個人にはとてもハードルの高いものだった。

　というのも、凌吾は非常にシャイだった。

　独身で、もうじき三十九歳で、しかも身長百九十センチ、体重百キロ超えのいかつい体格で、眉毛も立派だ。

そんな無駄にデカくて、むさくるしいおっさんである自分が、お洒落なケーキ屋で、ミルフィーユやストロベリーシャンティなどという可愛らしい名前のついたケーキを注文するのは、あまりにも不釣り合いに感じていて、想像しただけで顔が熱くなってしまう。

結婚していたら、家族へのお土産にケーキを買って帰ってもよいかもしれないが、残念なことに独身だ。

シャイで受け身な性格が災いし、これまでの人生で一度も女性と縁がない。

別に店員は、客が独身かどうかなんて気にしないと、たまに自分に言い聞かせてみたりするのだが、きらきらしたケーキたちが並ぶ店に、いざ入ろうとすると、体がこわばり、汗がだらだらと流れ落ち、回れ右して、やっぱり今日もコンビニスイーツにしよう、と離れてしまうのだった。

そのコンビニスイーツも、缶ビールや総菜にしのばせて、こっそりひとつだけ買うというシャイっぷりだった。

それも、あのおじさん、いつもスイーツ買ってく、やだ、あの外見で甘党？　似合わない、などと思われたら恥ずかしいので、同じコンビニを連続で利用することも避けている。

そんなふうに必要以上に人目を気にしてしまう性格は、小さいころから同級生たちより背が高いというだけで、なにかと目立ってしまい、恥ずかしい思いをしたことから形成されていった。

スポーツが得意だったりしたら、カッコよかったのだろう。ところが運動部には所属していたが、不器用なため、なにをやっても活躍することはなく、見た目だけかと、がっかりされるばかりだった。

なので、こんないかつい男がケーキ好きだなんて恥ずかしい……という凌吾の思い込みは根深く、リニューアルオープンしたストーリーテラーのいる洋菓子店も、横目でちらちら見て、ああ、行きたい、入りたい、ケーキを買いたいと、心をざわめかせるだけで、一度もドアをくぐったことはない。

そこはまるで、凌吾のような四捨五入して四十になるむさくるしいおっさんが足を踏み入れることのできない、聖地のようだった。

その清浄な聖地のドアに、夏に入ってから、こんなビラが張り出された。

『アシェットデセールはじめました』

アシェットデセール！

それは、レストランのコースで最後に提供されるような、皿に美しく盛られた出来たてのデザートであることを、凌吾はネットで得た知識として知っていた。

内側から熱々のチョコレートがとろけ出すフォンダンショコラに冷たいソルベを添えたものや、カスタードをつめたパイの上からきらきらしたドームのように飴がけしたものや、さくさくのメレンゲでアイスケーキを囲んだ、うっとりするような品々だ。

ああ、夢のアシェットデセール！

死ぬまでに一度は食べてみたい。
けど、店でケーキを買う以上にハードルが高い。
ガラス越しに見えた丸いテーブルは店内に二つあり、あそこでアシェットデセールを食べることになるのだろうが、あの猫足の椅子は凌吾の体には小さすぎて、足がぽっきり折れそうだ。
このお洒落な店内で、あの可愛い椅子に座って、丸いテーブルで、きらきらした皿盛りのデザートを小さなフォークで食べている自分を想像しただけで、凌吾は恥ずかしさに身悶《みもだ》えてしまった。

まったく、これっぽっちも似合っていない！　違和感がひどすぎる。

きっと店に買い物に来るお客さんたちも、百九十センチのおっさんがそんな洒落たデザートを食べていたら、びっくりしてしまうだろう。

今日ケーキ屋さんに行ったら、すごい大きなおじさんが可愛いデザートを食べていたの、ウケる。

などとネタにされてしまうかも。

アシェットデセールは食べたい！　すごく食べたい！　めちゃくちゃ食べたい！

けど、やっぱり無理だ。

がっくりと肩を落として店の前から去ったその週末に、凌吾のスイーツ人生を一変させる出来事が起こった。


そしてさらにその翌週、日曜日。


凌吾は駅の改札の前で、人を待っていた。

電車が到着し、乗客が改札のほうへまばらにやってくる。その中に、大きな白いTシャツに黒のウエストポーチを胸の前で斜めがけし、明るいピンクのパンツに、あざやかなピンクのスニーカーという格好の男の子を見つけて、胸が大きくはずみ、凌吾は笑顔で手を上げたのだった。

「ヨシヒサくん！」

向こうも爽やかな笑顔になり、さらさらの茶色の髪を揺らして走ってくる。

「りょうさん、こんにちは！　今日はよろしくお願いします！」

「こちらこそ。つきあってくれて嬉しいよ。ずっと入ってみたかった店なんだ。でも、おっさんひとりじゃ行きにくくて」

「いいえ、おれもアシェットデセール興味あったんで！　ネットで検索したら、みんな大絶賛で。今月はピーチメルバらしいです」

「桃かぁ、いいね！」

「はい！　めっちゃ楽しみです！　行きましょう、りょうさん！」

高めの明るい声で陽気に語る彼は、ヨシヒサくんといい、ケーキのオフ会で知り合った。

それは、色々な店のフルーツタルトを何種類も買ってきて、みんなで分けながら、少しずつ全部食べようという趣旨の会で、ＳＮＳで参加者を募集していた。

凌吾はいつもは、うらやましく思いながら眺めるだけで、自分も参加しようなどとは夢にも思っていなかったが、

『キャンセルが出たので、一名急募です！　明日参加できそうなケーキ好きのかた、ぜひどうぞ。おひとりで参加されるかたもたくさんいらっしゃいます。ケーキ好きのみんなで盛り上がりましょう』

という告知が帰宅中の電車の中で目に留まり、その日は会社で仕事が長引いて疲

れていて、ケーキが食べたいなぁ……コンビニスイーツじゃなくて、パティシエが作った、きらきらしたやつ……などと飢餓感《きがかん》にさいなまれていたからだろう。

参加してみようかな……と考えた一秒後に、主催者にダイレクトメールで参加を希望していた。

『ありがとうございます。お待ちしております』

というメールとともに会場の案内図が届いたときには、やってしまった、という後悔と不安のほうが強かった。翌日会場に辿り着くまでのあいだ、心臓がドキドキしすぎて大変だったし、足も油断するとがくがく震え出しそうだった。

スイーツのオフ会に参加するような人たちは、きっと女性が多いに違いない。若い女の子やリッチなマダムたちの中に、男は自分ひとりきりだったらどうしよう。

そう考えると恐怖で汗まで流れてきたが、実際は三十名の参加者の半数以上が男性で驚いた。

凌吾と同じ年代か、それ以上と思われる男性も数名おり、顔見知り同士なのか、なごやかに話している。

他は二十代くらいの若い男の子たちが多く、調理の専門学校に通う将来のパティシエや、スイーツブロガーの大学生などもいて、活気があった。

メモ帳ほどの大きさの紙を渡され、そこに自分の名前を書いてセロハンテープで胸に貼りつける。

みんなSNSでの呼び名を書いているようだったので、凌吾も『りょう』と書いてみた。

ケーキが好きな男子が、こんなにいるなんて。

あちこちで、どこのケーキが美味しかったとか、あの店の限定は絶対食べておくべきだとか、今日は主催者がコネで作ってもらった特注のマンゴータルトがあるらしいとか、活発に情報交換が行われている。

みんな楽しそうだ。

今の若い子たちは、男だから店でケーキを食べるのが恥ずかしいだなんて思わないんだろうな……。

きっと僕らのころと意識が違うんだ。

いいなぁ。

同世代の人たちとも話してみたかったけれど、親しげに会話しているところに割り込めず躊躇《ちゅうちょ》していたら、声をかけてくれたのがヨシヒサくんだった。

——こんにちは。ケーキ会にはよく参加されるんですか？　おれ、今回初めてで。

——あ、ぼ、僕もそうです。

——うわー心強いです。

男の子なのに淡いピンクのTシャツを着ていて、それがよく似合う華奢《きゃしゃ》な体型と、可愛らしい顔をした彼の胸には『ヨシヒサ』と書いた紙が、貼りつけてあった。

ヨシヒサくんは人なつこい性格で、凌吾は会のあいだ、ヨシヒサくんとたくさんケーキの話をした。

ヨシヒサくんもケーキが大好きで、あちこちの店を食べ歩き、大阪や神戸《こうべ》にまで遠征しているという。

——パリでも食べ歩きしてみたいんで、その資金作りで、ちょ～バイト頑張ってます。

凌吾は実際に足を運んだ店はほとんどなかったのだが、行ってみたい憧《あこが》れの店の話をすると、

――あ、そこなら、シブーストがおすすめですよ！　カラメリゼが、ほろ苦くてパリパリしててやばいです。

――そこは、シュークリームが絶品です！　その場でカスタードクリームをたっぷりつめてくれるんですよ。ほっぺ、落ちます。

と、あれこれすすめてくれた。
ケーキ好きという共通点があるためか、年齢差があるのにヨシヒサくんとはとても話しやすく、凌吾も普段より饒舌《じょうぜつ》だった。
テーブルを埋めつくすほどに並べられた、マンゴーやメロン、桃やベリー、リュバーブにライチに、チェリーにグレープフルーツなどの、色とりどりのタルトを、参加者が共同でカットしてゆくのも、うまく切れずに崩れてしまって、

――うわぁ、やっちゃったよ。

――りょうさん、大丈夫です。おれもですから。

などと騒ぎ合うのも、ケーキ屋で働いているという参加者の芸術的な切り口に、みんなで、おお！　と感歎《かんたん》するのも楽しくて。

小さく切り分けたケーキを紙の皿に山盛りにして、

――りょうさん、このマンゴー、とろける。

――ヨシヒサくん、ベリーのタルトが美味すぎ。

と言い合いながら味わい、すっかりリラックスして、

――うちの近所の店がさ、最近アシェットデセールをはじめてね、『月と私』っていうちょっと変わった店名なんだけど。

と話してみたら、ヨシヒサくんは瞳をきらきらさせて食いついてきた。

――月わた！　そこ、最近ケーキクラスタのあいだで話題になってる店じゃありませんか？　おれ、中学まであのへんに住んでて、そんな店ができたんだって、気になってたんですよね！　わぁ、アシェットデセール？　最高じゃないですか！

りょうさん、一緒に行きませんか？

もちろん、凌吾には願ってもない大チャンスだった。

——ぜ、ぜひっ。

たとえ交通事故に遭って半死半生で病院に運び込まれて、ミイラのように包帯をぐるぐる巻かれても、ベッドから這《は》い出て店へ行くくらいの意気込みで答えたのだった。

◇　◇　◇

「月に夜空じゃなくて、青空っていうのがなんかいいですね！　おれ、この店、絶対好きです」

晴れやかな空色の壁と、満月の形をした黄色の表札に、青い字で書かれた『月と私』という店名を見上げて、ヨシヒサくんがわくわくしている顔で言う。

凌吾もテンションが、だだ上がりだ。

さんさんと太陽が照る中、ガラスのドアを開けて店内に入ると、ひんやりと心地よい空気の中に、バターやクリームや、フルーツの甘い香りがただよい、オペラ歌手のように深みのある声が朗々と響く。

「いらっしゃいませ。ストーリーテラーのいる洋菓子店へようこそ」

黒い燕尾服に身を包み、艶のある黒髪を上品なオールバックにした三十くらいの男性が、うやうやしく一礼する。

本当に執事がいた！　とネットで見た情報そのままの姿と口上に胸をとどろかせる凌吾の隣で、ヨシヒサくんも目を輝かせている。

「すみません、アシェットデセールをイートインしたいんですけど」

口を開こうとしたら急にまた緊張して、言葉が出なくなってしまった凌吾の代わりに、ヨシヒサくんが明るい声で告げる。

するると執事はまた、うっとりするような美声で、

「かしこまりました。こちらのお席へどうぞ」

と二つあるテーブル席の片方に案内してくれた。猫足の椅子は凌吾の巨体にはやや窮屈《きゅうくつ》だったが、そんなことは気にならないくらい、興奮している。

「今月のアシェットデセールは、ローズムーン。薔薇《ばら》の香りをまとったピーチメルバでございます。よろしければ、薔薇の花びらを浮かべたピーチティーもご一緒に

いかがでしょう?」

「はい、いただきます」

「ぼ、僕もそれで」

「かしこまりました。ただいまご用意させていただきますので、少々お時間をください ませ」

執事が去るなり、ヨシヒサくんが凌吾のほうへ顔を寄せてくる。

「いましたね、執事さん」

「ああ、感動だよ」

「ショーケースのケーキも、どれも美味しそうで。この店の品物は全部、満月と、半月と、三日月の形をしてるんですよ」

「三日月のエクレアも、桃だったな。帰りに買ってこうかな」

「おれは、半月のカスタードのパイ包みが気になります。それと、スペシャリテのウイークエンドも」

「うん、やっぱりスペシャリテははずせないよな。甘酸っぱいグラスアローのシャリシャリ感がクセになるって、ネットでも評価高かったし」

「ですね」

ヨシヒサくんとケーキの話に花を咲かせていると、ガラスの器に盛られたピーチメルバが二つ、銀のトレイで運ばれてきた。

つやつやしたピンクの桃の周りを、それよりもっと淡いピンク色の氷がとりまき、濃いめのピンクの薔薇の花びらが散らされている。

その優雅さや、桃の大きさやみずみずしい外観に、凌吾は溜息がこぼれそうになった。ヨシヒサくんも、すべすべした頬を紅潮させている。

「お待たせいたしました。薔薇の香りをまとったピーチメルバでございます」

「ピーチメルバは十九世紀の偉大なる料理人、オーギュスト・エスコフィエがロンドンのサヴォイホテルのシェフを務めていたおりに、歌姫ネリー・メルバに捧げたデザートだと言われております」

「当店では、薔薇のシロップに一晩ひたして冷やした桃のコンポートを、薔薇とワインの冷たいグラニテでふんわり囲んでおります」

「桃の下には、かために仕上げたカスタードクリームと、バニラのアイス。その下にさらにカットした桃のワインシロップ漬けをしのばせ、最後までみずみずしい桃をお楽しみいただけます」

「トッピングの薔薇もおめしあがりいただけますので、アイスやカスタードクリームとからめてどうぞ」


執事の歌うような言葉を聞いているだけで、うずうずしてしまう。

「いただきます」

とヨシヒサくんも、うきうきしている声で言いスプーンを手にとる。

凌吾も同じように、

「いただきます」

とつぶやいたあと、まずつやつやした桃にスプーンを差し入れた。

器とスプーンが冷たい！

肉厚の桃はみずみずしくやわらかで、スプーンの先に弾力が伝わってくる。大きく切り分けて口元まで持ってくると、優雅な薔薇の香りが鼻孔をくすぐった。


ああ、うっとりする。


このままこの素晴らしい香りを、かいでいたい。

けれど、スプーンの上で震える淡いピンク色の果実を、舌でも早く味わいたいという誘惑にあらがえず、口の中に差し入れると。

うっ……わ……。

ひんやりした食感とともに、華やかな薔薇の香りが舌の上で躍り出し、噛《か》みしめれば、かすかに酸味のある甘い果汁がはじけ、喉をするりとすべり落ちてゆく。

その甘美さに、凌吾は陶然とした。

氷をみぞれ状にしたグラニテはしゃりしゃりした食感で、薔薇とワインの香りがただよい、もったりしたカスタードクリームとバニラのアイスを一度にすくって口に入れれば、また夢見心地になる。

幸せって、きっとこういう味がするに違いないよ。

ああ～幸せだ。

胸の中で、うっとりとつぶやく凌吾の向かいでは、ヨシヒサくんが細い足をぱたぱたさせている。

「くぅぅ、このアイス、バニラビーンズたっぷり。カスタードクリームと薔薇の香りがまた合う！　桃も、めちゃめちゃジューシーだし。この香りがっっ」

あんまり美味しすぎてスプーンが止まらず、まだお茶が来ていないのに、どんどん器の中身が減ってゆく。

二人とも夢中で食べ進み、器の底に敷きつめられた、カットした桃の層が見えたあたりで、

「はぁー」

「想像以上です」

と溜息をつきあった。

「これは食べなければ一生後悔するところでした。情報をくださったりょうさんに大感謝です」

「そんな、僕のほうこそ！　ヨシヒサくんのおかげで、ずっと来たかった店に来られて、どれだけ感謝しても足りないよ。僕一人だったら絶対無理だった」

凌吾の言葉に、ヨシヒサくんが不思議そうに、

「どうしてですか？　りょうさんちは、お近くなんでしょう？　いつでも来られるじゃないですか」

と首をかしげる。

ああ……ヨシヒサくんにとっては、きっとそうなんだろうな。

僕と違って、若くて、ひとりでケーキ屋さんに入っても全然浮かない可愛い顔をしていて体も細くて……。

ピンクの服も、僕はとても着られないけれど、ヨシヒサくんにとっては普通のファッションなんだ。

好きでこの体に生まれてきたのではないのに……。なんだか哀《かな》しくなってしまって、ほろ苦い声で答えた。

「ヨシヒサくんみたいに、若くて爽やかで、ピンクの服もなんなく着こなしちゃって、どこででも好かれそうな男の子にはわからないと思うけど……。僕はほら、こんなにいかつくて無駄に背もバカ高くて、とてもケーキなんて食べそうに見えないだろう。だから、お洒落なケーキ屋にひとりで入るのが恥ずかしくて……。オフ会ではケーキに詳しいふりをしていたけど、全部ＳＮＳで他の人が投稿したケーキの画像を眺めてレポを読みながら、憧れていただけでさ……実際に食べたことはほとんどないんだ」

ヨシヒサくんの顔から笑みが消えて、綺麗に整えられた細い眉が下がり、口もへの字に曲がる。

凌吾が暗い話をしたせいで、ヨシヒサくんまで哀しそうな様子になってしまって。

せっかく楽しく話していたのに、凌吾が申し訳ない気持ちになったとき。

「違う……」

ヨシヒサくんが、ふいに絞り出すような声で言った。

「おれだって」

何故だかヨシヒサくんは泣きそうになっていた。

手を握りしめ、細い肩を小さく震わせている。唇を噛んで目にうっすらと涙の膜まで張っていて。

「ヨシヒサくん……ごめん」

凌吾は慌てて謝った。

そのとき。


「みくちゃん？」


店で買い物をしていた、凌吾よりやや年上の女性が話しかけてきた。

「ああ、やっぱりみくちゃんだわ。髪を短くしてたから、一瞬男の子かと思っちゃったけど、佐伯《さえき》さんちの、みくちゃんよね？」

みくちゃんって……ヨシヒサくんが、みくちゃん？

それに、男の子かと思っちゃったって……。ヨシヒサくんは男の子じゃ……。

ヨシヒサくんはこわばった顔で、

「お久しぶりです、宮川《みやかわ》さん」

と挨拶をしている。

やっぱりヨシヒサくんが、みくちゃんなんだ！

一体どういうことなのだろう。

ヨシヒサくんは少しのあいだ女性と言葉を交わしていたが、彼女が買い物した品を受けとって店を出てゆくと、多分さっき凌吾が浮かべたみたいな苦い表情を、凌吾のほうへ向けて言った。


「わかったでしょう。おれは、女の子なんだ」


胸に、なにかズシンと重いものが落ちてきたみたいだった。

ヨシヒサくんが、女の子？

確かに女の子のように細くて可愛い顔をしていると思った。声も高めだ。でも、最近の男の子はこういうものだろうと思っていたから……。

「みくっていうのは本名で……美しく久しいって書くんだ。ヨシヒサとも読めるでしょう？」

「……どうして、男の子のふりなんか」

「ふりじゃない」

ヨシヒサくんが、また眉を大きく下げて、絞り出すような声で言った。

「これが、本当のおれなんだ。おれは女の子だけど……でも、ずっと自分は男の子だと思ってた。家にいる間は、親が心配するから女の子のふりをしていたけど、大学に入って一人暮らしをはじめたとき、男の子に戻ろうって、髪を切って……大学でも、ヨシヒサって名乗ってる……」

本来の自分と異なる性別で生まれてきて、そのことに悩む人たちがいることを、凌吾も知っている。

ヨシヒサくんも、そうなのだろうか？

ヨシヒサくんはとても哀しそうで、なにか言ってあげたいけれど、言葉が見つからない。

自分はさっき、ヨシヒサくんにとてもひどいことを言ったのではないか？

ヨシヒサくんみたいな、ケーキやピンクが似合う男の子にはわからないと思うけれど、なんて。

「でも……いくら男の子になろうとしても、大学の友達も、バイト先の人たちも、おれのこと結局女の子だと思っているし、おれもピンクの服を着るの、やめられないし……。おれがピンクの服を着てると、やっぱり女の子なんだねって……言われて」

ヨシヒサくんの顔がゆがみ、目尻に悔しそうな涙がにじむ。

「でもりょうさん、おれはピンクが好きな男の子なんです」

ヨシヒサくんが、どれだけ悔しかったか、哀しかったか、辛かったかが、凌吾にも伝わってきて、胸がきりきりと痛くなる。

どうして僕はヨシヒサくんよりもずっと年上なのに、こんなときに慰めの言葉のひとつも思いつかないんだろう。

そんな自分が情けなくて、悔しくて。

そのとき、執事がお茶を運んできた。

「たいへんお待たせいたしました。薔薇の花びらを浮かべたピーチティーでございます」

二人の前に置かれた白いティーカップには、琥珀にほんのりピンクがかったお茶が注がれ、濃いピンクの薔薇の花びらが一枚浮かんでいる。

気まずい雰囲気だったにもかかわらず、その優美なビジュアルと立ちのぼる薔薇と桃の香りに、凌吾とヨシヒサくんの表情が少しやわらぐ。

「先ほど、お客さまはピンクがお好きだと聞こえてまいりましたが、それはそれは、まさに、セ・シ・ボン！　でございます」

それは素晴らしい、といきなり流暢《りゅうちょう》な発音のフランス語で言われて、ヨシヒサくんの目が丸くなった。

凌吾も、ぽかんとしてしまう。

執事は朗々とした声で続けた。

「ヨーロッパではピンクという言葉が使われるようになるまで、ピンクのことを『薔薇色』と呼んでおりました。そしてこちらの淡いピンクの桃――実は桃はバラ科で、薔薇の系譜を持つ果実なのでございます」

「ゆえに、本日お客さまたちにおめしあがりいただいたデセールは、ピンクの桃に薔薇の香りをまとわせた、薔薇づくしの月――ローズムーンなのでございます」

「華やかな薔薇の香りに包まれた、薔薇色の人生――ラ・ヴィ・アン・ローズを、おめしあがりのあいだ体感していただきたいと、シェフが試行錯誤し、一皿一皿丁寧に作り上げた自信作でございます」

「いかがでしょう？　薔薇色の人生を、存分に味わっていただけましたでしょうか？」

深く響く声で、流れるように語られる執事の話に引き込まれ、凌吾はなんだか夢を見ていたような気持ちになっていた。

体が宙に浮きそうな幸福とともに、薔薇の香りのピーチメルバを味わったことも、ヨシヒサくんが実は女の子だと告白したことも、全部夢だったのではないか。

ヨシヒサくんも、ぼぉっとしている。

執事の語りを聞いて、哀しかったことがどこかへ行ってしまったというように。

もちろん、全部本当にあったことなのだけれど。

ピーチメルバの薔薇の香りの余韻《よいん》は、まだ口の中に残っていて、凌吾とヨシヒサくんが、

「夢みたいに美味かったです」

「本当に、薔薇に包まれているみたいでした」

と、まだどこかぼんやりした顔で答えると、執事は、

「ありがとうございます。どうぞ薔薇と桃のお茶もお楽しみください」

と微笑んだ。

白いカップの取っ手はとても華奢で、凌吾は太い指で壊してしまわないか心配したが、執事が話しているあいだに、ほどよい温度になっていたお茶を口に含むと、えもいわれぬ香りが、ふわり、ふわり、と広がっていった。

先ほどのデセールよりも、こちらの香りは少しおだやかだ。

それがとても心地よくて、ほっとする。

向かいで、細い指でティーカップを持ってお茶を飲んでいるヨシヒサくんの口元も、ほどけてゆく。

「……美味しい。色もオレンジ系のピンクで可愛い」

「ピンクには人をなごませる力がございます。あたたかく、やわらかい。温暖色であり、柔軟色です。同時に、ピンクはとても強い色なのでございます。進出色といって、明度や彩度が明るめで、明確に意志を表明している——そんなお色でもあるのでございます」

ゆらゆら揺れる薔薇の香りの湯気の向こうで、執事が魔法の呪文を唱えるように言葉を紡ぐ。

「これは私が月から聞いたお話です」

「その女性は、非常に内気で落ち込みやすく、いつもなにかしら悩んでいるようなかたでした」

自分と重なる性格に、凌吾が思わずドキリとする。

見れば、ヨシヒサくんも真顔で共感しているようで……もしかしたらヨシヒサくんの内面も、そういう性質なのかもしれない。

「足を一歩踏み出すにも、あれこれ迷って、結局足を引っ込めて肩を落としてうなだれてしまうのでございます」

うっ、ますます既視感が……。

「そこで彼女は、ピンクの月を身につけることにいたしました。ご承知のとおり、ピンクは心をなだめ、同時に、こうあるべき自分を表明しているお色でございます。身につけることで強く優しくなれるお色なのでございます」

「この銀色がかった素敵なピンクの月をつけていると、勇気を出せるような気がすると、彼女は言いました。自分を貫けるような気がすると」

「そして彼女はピンクの月とともに、踏み出しました」

「本日、お客さまたちにおめしあがりいただいた淡いローズムーンもまた、ピンクの月でございます。どうぞあでやかな薔薇色の記憶とともに、ピンクの月の魔法をお持ち帰りくださいませ」

優雅に腰をかがめて一礼したあと、執事はヨシヒサくんのほうへやわらかく微笑みかけた。

「お客さまのクリーミーピンクのおめしもの、とても素敵でございますね。ストロベリーピンクのスニーカーとのコーディネートもぴったりです」

ヨシヒサくんの頬が赤くなる。

「ありがとうございます」

と照れくさそうに答えたヨシヒサくんは、嬉しそうだった。

そして、執事が下がったあと。

凌吾とヨシヒサくんは、見てしまった！

ショーケースの後ろ。ガラスの仕切りの向こうの調理室で、きりりとした真剣な表情で回転台にのせたホールケーキに、あわあわとしたピンク色のクリームを、へラを使って塗りつけている女性を。

ふわりとした茶色の髪を、頭の後ろで凝った形にまとめ、しなやかな体に白いコックコートをブランド服のようにまとっている。

透きとおるような真っ白な肌に、すっとのびた首筋。

真摯な眼差しに、花びらのような唇。

まるで薔薇の花から生まれたような若々しい美人は、この店のシェフだろうか？

彼女は、三日月の形をしたピアスをしている！

しかも、色はピンクだ！

「りょうさん、あれって」

「うん、ピンクだね」

「はい、ピンクです。銀色の光を流し込んだような、シルキーピンクです」

「もしかして、さっきのピンクの月って――」

思わず顔を寄せ合って、内緒話をしてしまった。

そして——。

薔薇の香りのお茶を飲み終え、日持ちのする焼き菓子やジャムの瓶を山ほど購入し、凌吾もヨシヒサくんもほくほくした顔で店をあとにした。

「ごちそうさまでした、執事さん」

「全部美味かったです。ごちそうさまでした」

「ありがとうございます」

と微笑んだあと、執事は律儀に付け加えた。

「ぶしつけながら、ひとつだけ訂正させてください。私は執事ではなく、ストーリーテラーでございます」

そうして優雅に一礼した。

「またのお越しを心よりお待ち申し上げております」

◇　◇　◇

「あ～めっちゃ満足した！」

「焼き菓子も楽しみだな」

両手に水色の紙袋を提げて、笑い合いながら歩いてゆく。

ヨシヒサくんが女の子だけど男の子なのだと告白したことも、悔しそうに涙ぐんだことも、多分なかったことにできるだろう。

凌吾がふれなければ、きっとヨシヒサくんも蒸し返したりしない。

自分たちはまだ、知り合ってからたった二回しか会っていない。たまたまケーキのオフ会で話をしただけの関係だ。

あたらず、さわらず。

それが正解なのかもしれない。

けど。

駅がもう目の前に近づいてきたとき、凌吾は真面目な顔で言った。

「ヨシヒサくん。僕は、初めてケーキ会でヨシヒサくんが話しかけてくれたとき、ヨシヒサくんのことを、なんてピンクの似合う男の子なんだろうって思ったよ」

ヨシヒサくんも真顔になる。

沈黙したまま、凌吾を見上げている。

大きな瞳に、また涙の膜が浮かんでゆくのを見て、凌吾は慌てた。

やっぱり蒸し返さないほうがよかったのか！

「ご、ごめ……」

謝ろうとしたとき、ヨシヒサくんが目のふちを指でぬぐいながら笑った。

「りょうさん、ありがとう。嬉しい」

そして、底抜けに明るい声で言った。

「うん！　おれはピンクが大好きなんだ！」

ピンクは温暖色で、柔軟色。

そして、進出色！

明確に意志を表明する色だ。

ヨシヒサくんにぴったりだ。

「また一緒にケーキを食べに行きましょう、りょうさん。来月も別のアシェットデセールを出すって言ってたし。そうだ、おれのおすすめの他の店にも」

「ありがとう。でも、ひとりで行くよ」

ヨシヒサくんが驚いている顔をする。

凌吾は照れながら言った。

「これからは僕も、ひとりでケーキを買ったり、店でイートインを楽しんだりしてみようと思って」

ずっとこんな図体のデカイおっさんが甘党だなんて恥ずかしくて、コンビニスイーツしか買えなかった。

本当は、SNSに流れてくるパティスリーにも行ってみたかったたし、イートイン限定のスイーツも食べてみたかったのに。

自由に食べ歩きを楽しむ人たちをうらやむばかりで、行動できなかった。

でも、思い切って参加したケーキ会も、ヨシヒサくんにつきあってもらったアシェットデセールも、どちらも最高に楽しくて、わくわくして、美味しかった！

一歩踏み出した先には、きっとたくさんの素晴らしいケーキたちが待っている。

だったら思い切って飛び込んでみなきゃ損だ。

そんなふうに前向きになれたのは、きっとヨシヒサくんと、あの月と薔薇の魔法のおかげだ。

「だから、どこかの店やケーキ会で僕に会ったら声をかけて！　僕はこの身長で目立つから、すぐにわかるだろう？　僕もきみに挨拶をするよ。そしたらたくさんケーキの話をしよう！」

ヨシヒサくんも、からりと笑った。

「はい！　楽しみです！」

美味しいケーキのある場所を巡り歩いていれば、いつでも僕らは出会うだろうと、凌吾は確信していた。

きっとヨシヒサくんも。

そのときはヨシヒサくんに、凌吾が食べ歩いたおすすめのケーキを語るのだ。

第五話

バターがじゅんわり、パリパリキャラメリゼのクイニーアマン

Episode 5

「あぅぅぅぅ、もうおしまいだよ～」

麦は制服のまま自室のベッドに顔を伏せ、嘆いていた。

今日は甲子園の地区予選の試合があり、麦たちの学校は、これに勝てばベスト8というところまで勝ち進んでいた。

もともと甲子園の出場を期待されているような強豪チームではなく、それがベスト8まであとひとつという好成績に、学校側もにわかに盛り上がった。

試合は平日だったが、対戦相手があの甲子園常連校で地区大会優勝候補の大本命ということで、麦が所属するチアダンス部に応援の依頼が来たのだ。

野球部には麦が片想い中の牧原爽馬がいる。しかも彼は一年生にしてセンターで七番を務めるレギュラーだった。

――これはチャンスだよ、令二くん。

爽馬の友人で麦にとっては幼なじみである令二とは、お互いの恋を応援し合う同盟を結んでいる。

爽馬の情報を令二からもらう代わりに、麦も令二が片想いしている姉の情報をちょこちょこ流していた。

その令二に、気合いが入りまくりの表情で麦は言った。

――甲子園を目指す牧原くんを、スタンドから必死に応援するあたしをアピールして、『あいつ、おれのためにあんなに一生懸命に』って感じに持っていくの！　そんで牧原くんたちが負けたら、一緒にボロボロ泣いて慰《なぐさ》めるの。ね？　ぐっときちゃうでしょう？

令二は、そうだね、とは共感してくれなかった。むしろあきれている目で麦を見て言った。

――爽馬が負けるの前提なんだ。

――だって、相手は去年の甲子園準決勝進出の超強豪校だよ。うちはたまたま弱い相手とあたってここまで来ただけだし、勝ったらびっくりだよ。それに、もし万が一甲子園に出場が決まっちゃったら、牧原くん、モテちゃうじゃない。それはそれで複雑というか。

——麦、おまえさぁ、ほんんんとに爽馬のこと好きなんだな。

令二は麦のことをみんなの前では『三田村さん』と呼ぶ。麦も令二を『浅見くん』と呼んでいた。

——なに、いまさら。好きじゃなきゃ、令二くんに牧原くんの好物とか、嫌いな食べ物とか、好きな動物とか、朝何時に起きて夜は何時に寝るかとか、牧原くんが行きたいデートスポットとか、訊いたりしないよ。

——おまえ、能天気そうに見えるけど、実は暗黒抱えてんの?

——どういう意味?

——だって爽馬は暗黒ホイホイだし。

令二が語るところによると、爽馬は心に闇を抱えた女子に好かれやすいのだという。これまでそうした女子たちはストーカーになったり、死ぬの生きるのと叫んだりしたそうだが、爽馬が鈍感なためストーカーされている自覚がなく、相手もあまりの鈍感力に負けて去ってゆくのだと。

そういえば、令二くんも暗黒王子だったなぁ……。

表向きは人当たりの良い優等生だが、裏では麦の姉をチクチクいたぶっていた。それが好きの裏返しだというのだから、好かれたほうはたまらない。

まぁカタリべさんにやり込められて改心して、お姉ちゃんにも優しく接するようになったんだけれど。

今までがひどすぎて、姉がまだ、令二がいつか手の平を返すのではと警戒していることを、麦は令二に黙っている。

そんな令二と、おおざっぱで楽天家の爽馬は、あらゆる面で正反対だが、令二のように裏表の激しい人間は、逆に爽馬の人のよさに安心感を覚えるのかもしれない。きっと爽馬にアプローチをしてきたという女の子たちも。

――うーん、自分ではまっすぐ育ったつもりだけど。まぁ令二くんと比べたら善人で、まっとうなのは確実だよ。

――人を悪人みたいに言うな！

──わかったわかった。令二くんは、幼なじみ思いのちょ~いい人！　だから牧原くんに根回しお願いね！　あたしが牧原くんのことめちゃくちゃ応援してるって、さりげなく伝えておいて。それで、あたしが牧原くんのこと好きだって、いい感じに匂わせておいて。牧原くんのほうから、ひょっとして三田村さんはおれのこと、って感じに意識するように。

──……あの鈍感に、いい感じに意識させるとか、難易度高すぎだぞ。

令二はぶつくさ言っていたが、姉の最新情報と引き替えに承諾させた。それは姉が最近気に入っている画家のことで、令二は『……画集を買ってくるか』と言っていたが、その画家を姉に紹介したのが語部であることは、黙っていた。

やっぱり麦にも、ちょっと黒い部分があるのかもしれない。

まぁいっか。あたしは令二くんみたいに、好きな人をいじめたりしないし。

よし！　牧原くんを一生懸命応援してアピールするぞ！

そんなふうに張り切って、当日スタンドでチア部の仲間たちと野球部の応援に臨んだのだったが。

「うぅぅ、まさかあんなところで足をすべらせるなんて」

五回裏。

得点は三対〇で相手チームがリードしていた。甲子園の常連校相手に五回で三失点はかなり上出来と言える。

しかも相手ピッチャーのコントロールが乱れ、二死満塁。

ホームランが出ればいっきに逆転というドラマチックな場面に、味方側のスタンドは盛り上がり、応援も過熱した。

ここで登場したバッターが一年生の七番牧原爽馬だというのだから、麦も、牧原くんが甲子園に行ったら困ると口にしたことなど完全に忘れて、ぽんぽんを振る手にも、振り上げる足にも念を込めまくった。

爽馬は初球から積極的に攻めてゆき、ファウル、ファウル、と続いた。ボールがバットにあたるたび、会場はどよめいた。

そして運命の三球目。


——打って！　牧原くん！　あたしを甲子園へ連れていって！

すっかりヒロインになったつもりで、

「ホームランだよぉぉぉ！　牧原くん！」

と叫びながら足を思い切り振り上げ、ぽんぽんを持った手をかかげた瞬間、かかとがずるっとすべった。

え？　と思った瞬間、尻餅をついていて。

それはピッチャーがボールを投げるのと同時だった。

打席に立っていた爽馬の目はボールではなく、麦のほうへ向けられていて、その目が麦がコケたのに驚いて見開かれ、そのあとハッ！　としたようにボールに視線を戻したときには、ボールはキャッチャーのミットにおさまっていた。

――ストラーイク！　バッターアウト！　スリアーウト！　チェンジ！

審判の声に爽馬はバットをかまえたまま茫然とし、観客席からは大きな溜息がこぼれ、麦は涙目で、お尻を撫でさすったのだった。

試合は七対〇で、相手の勝利に終わった。

順当な結果とはいえ、一矢報いることができなかったことをみんな残念がっていて、あの二死満塁のチャンスで、せめて一点入っていればと口々に言い合うのを聞く麦は、まるで自分の責任のような気がして、いたたまれなかった。

自分があそこでコケなければ、爽馬はホームランは無理でもヒットを打って、得点できていたかもしれない。

これじゃあ、爽馬の前でボロボロ泣いて慰めるどころじゃない。

申し訳なくて仕方がない。

転んだときに腰を痛めたので病院へ行くと嘘をついて、学校に戻らずまっすぐ家に帰り、自分の部屋のベッドに身を投げ出し、めそめそしていた。


牧原くん、あたしのこと怒っているかも。

ううん、牧原くんはそんな人じゃないけど、でも、でも、あたし牧原くんにすごく迷惑かけちゃったし、合わせる顔がないよぉぉぉぉ。


洟《はな》をすすりながら涙で枕を濡らしていたら、甘い香りがただよってきた。

これはバターを溶かした香り。

それに、砂糖を焦がしたときの香り。

小麦粉が焼き上がる香り。


ああもう、なんで、こんなに美味しそうな香りがするの？　おなかが鳴っちゃうし、口につばがたまっちゃうじゃないのぉっ！

あたし、めちゃくちゃ落ち込んでいて、お菓子を食べている場合じゃないのに。むしろ、一ヶ月くらいお菓子を食べない罰を自分に科さなきゃなのに。

甘く香ばしいその香りから、なんとかして逃れようと顔に枕を押しあててみるが、凶悪な香りはその隙間をかいくぐって侵入し、麦の意識を哀しみから食欲へと誘導する。

そのときドアがノックされ、

「入りますよ、麦さん」

麦の返事も聞かずに、燕尾服をまとい艶やかな黒髪をオールバックにした長身の男性が現れた。

自宅の一階にある姉の店で、販売や接客をしている語部だ。

手に、足つきの陶器の皿を持ち、そこにつやつやした金茶色の焼き菓子が盛りつけられていて、なんともいえない甘い香りを放っている。

「シェフから麦さんへ、お届けもののご依頼をうけたまわりました。バターとお砂糖がたっぷり染みた、甘い蜜がしたたる焼き立てのクイニーアマンでございます」

「クイニーアマンとは、海に囲まれたブルターニュの伝統菓子でございます。ブルトン語で、バターのお菓子という名称そのままに、ブルターニュ産の有塩バターをたっぷりと贅沢に使用しております」

「表面の平らな部分はキャラメリゼし、パリパリした食感と香ばしいキャラメルの風味をお楽しみいただけます。下の凹凸の部分はさくさくと軽く、中はむっちりとした食感で、噛むたびに濃厚なバターの香りが広がり、お砂糖の甘い蜜がじゅわじゅわと染み出してまいります」

「また重なり合う生地の隙間にたまった、ねっとりした蜜のお味といったら、魂が宙に舞い上がりそうなほどの美味でございます」

語部はストーリーテラーだ。

ある日、姉の店に現れたときから、そう名乗っていた。

ストーリーテラーとは、商品の中から物語を見つけ、それをわかりやすく魅力的に伝え、商品を輝かせる職業であると語部は言う。

そんな彼の能力をフルに使って語られたクイニーアマンは、ただでさえ美味しくて麦の大好物なのに、何十倍、何百倍もの魅力を放ち、麦の食欲を刺激しまくる。

噛むたびに、バターとお砂糖がじゅわじゅわって……うん、わかる、わかるよ。舌が切れそうなほど、キャラメリゼがパリパリで、ちょっとお塩もきいていて、甘くて香ばしくて。

食べるとき重なった生地が、はらはらはらはら落ちてきて。

さくさくで、むっちりで、ガリガリで……わかる、わかるってば。もう、いいよ、やめて。わかるから。美味しいから。

隙間にたまった蜜がねっとりと——そこ大好きぃぃぃぃ！　ああ、もう！

「どうぞ、あたたかいうちにおめしあがりくださいませ」

足つきの皿にはクイニーアマンが三つものっている。ベッドから身を起こした麦はそのひとつを手にとって、つやつやしたキャラメリゼの部分から齧りついた。ガリ！　と音がして、キャラメリゼが砕け、甘いお砂糖と、塩のきいた濃厚なバターが口の中でじゅわっと溶け出し、広がる。

「んぁぁぁぁぁっ、美味しぃぃぃぃぃ」

手がべたべたになり、ベッドに薄い生地がはらはら落ちるのを、語部が「お使いください」とナプキンを敷いてくれる。

ガリガリ、パリパリと食べすすめながら、麦はわめいた。

「もうもう、あたし三日くらい絶食したい気分だったのに。美味しすぎだよぉぉぉ。なんでほうっておいてくれないのぉっ！　なんでこんなカロリーこってりの、美味しいものを持ってきちゃうの！」

語部が端整な唇に、品のある笑みを浮かべて言う。

「これは私が月から聞いたお話です」

「彼女には、歳の離れた妹がおりました。引っ込み思案で心配性の彼女とは正反対の、明るく前向きで友達も大勢いる妹は、彼女の憧れで自慢で、支えでした」

「というのも彼女たちのご両親は、彼女がまだ製菓学校に通う学生だったころに突然の事故で、そろって他界され、彼女と妹さんはこの世でたったふたりきりの家族になってしまったからです」

「菓子職人への夢をあきらめ、学校を卒業したら堅実な職業に就こうと決めた彼女が、自宅を改装し洋菓子店を開いたのは、妹さんの後押しがあったからだといいます。お姉ちゃんはお菓子を食べてもらうのが好きなんだから、お菓子屋さんになるのがいいよ、そしたらお姉ちゃんのお菓子を、あたしもいつでも食べられるでしょう、と妹さんは言ったそうです」

――あたし、お姉ちゃんのお菓子、大好き。

姉が自宅のオーブンで焼いてくれる素朴な茶色のお菓子は、どれも美味しくて、麦は本当に大好きだった。

そしてそれと同じくらい、麦が美味しい、美味しいとお菓子を食べているとき、それを姉が嬉しそうに恥ずかしそうに微笑んで見ているのが、たまらなく好きだった。

そのときの姉はとても幸せそうで、麦まで心がぽかぽかとして。

――お姉ちゃんはお菓子屋さんになるといいんだよ。開業費用はお父さんたちの保険金でなんとかなるし。そうしたら、あたしもお姉ちゃんのお菓子をいつでも食べられるもん。それって最高だよ。

「妹さんがいつも前向きに励ましてくれたので、彼女は頑張ることができました。でも、ある日、気づいたのです。いつも明るく前向きで、真昼の太陽のように笑っている妹さんが、決して彼女の前で悲しんだり、落ち込んだりしている姿を見せないことに」

「姉の自分が後ろ向きで落ち込んでばかりだから、妹はわたしに心配をかけないために明るく社交的にならざるを得なかったのではないか。自分に足りないいろんなものを、知らないうちに、妹に代行させていたのではないかと――」

それは違うよ。
お姉ちゃんが頑張ってくれたから、あたしは能天気にしていられたんだよ。
お姉ちゃんがいてくれたから、あたしは、今のあたしになれたの。

口の端をむっと曲げて異議を唱えようとする麦に、語部が優しく目もとをなごませて語った。
まるで、麦さんの気持ちは存じておりますよ、というように。

「だから彼女は、もし妹さんが落ち込んだり悩んだりしていたら、うんと甘やかしてあげたいそうです。妹さんが大好きな、お砂糖とバターがたっぷりの甘いお菓子を作って、食べさせてあげたいそうですよ」

「……カタリベさん、卑怯《ひきょう》だよ」

そんな話を聞いてしまったら、食べないわけにいかない。

恨めしそうに見上げる麦に優雅に一礼し、

「紅茶の茶葉も、ほどよい具合に蒸れてまいりましたのでお淹れしますね。お菓子だけでは喉がかわくでしょう」

と、そつなく言って、一緒に持ってきた白いティーカップに銀のポットから琥珀色の液体を注いだ。

「では、私は戻ります。器はあとでとりにうかがいますね。それと、これは本来言わずもがなことですが、麦さんがあとでまた枕を涙で濡らしたりしないよう、ひとつだけご忠告を」

なんだろう？　と、ひとつめのクイニーアマンをあっというまに食べ終えて、二つめに手を伸ばそうとしていた麦に、語部が微笑んだまま言った。

「当店のクイニーアマンのカロリーはひとつにつき、おおよそ三九〇キロカロリーでございます」

さんびゃく、きゅうじゅう……！

麦の手が、ぴしりと固まる。

おにぎりが一個二〇〇キロカロリーくらいだから、その倍？

ぱたりとドアが閉じ、語部が去る。

残り二つ、姉の愛情の分だけバターとお砂糖たっぷり――脂質と糖分もましましのクイニーアマンを前に、あらたな大問題を抱えた麦は唸《うな》ったのだった。

「うぅぅぅぅぅ、それは本当に言わなくていいんだよぉ！　カタリベさんの意地悪ぅぅぅ！」

◇　◇　◇

翌日。

胃がなんとなくもたれているけれど、心と頭はすっきり晴れ晴れしている麦が登校すると、

「三田村さん、腰の具合もういいのか？　昨日、応援してくれてありがとうな」

爽馬のほうから屈託のない笑顔で、話しかけてきた。

「あ、うん、腰はもう全然。昨日は、ヘンなところでコケて、牧原くんの邪魔しちゃってごめんねっ！」

がばっと頭を下げる。

「え、なんだ、それ？　三田村さん、めっちゃ気合い入れて応援してくれてたじゃん。三田村さんの声、バッターボックスまで聞こえてきたぞ。ホームランだよぉぉぉ！　ってやつ。あそこで本当にホームランかっ飛ばしてたらカッコよかったんだけどな、あはは」

「ぐっ、それはあたしがコケて、牧原くんがボールを見逃しちゃったからで……」

「まぁそうだけど」

やっぱりそうなんだ！

「でも、見ててもあれは打てないって。百五十キロだぞ。先輩たちもみんな、すげー！　すげー！　って連呼してたし。控え投手でくるかと思ったらエースの登板で、将来のレジェンドに投げてもらってマジいい記念になったー！　って。おれももう、わっくわくしちゃって」

……そ、そういうもんなんだ。

爽馬があんまり明るくて、昨日の敗戦のことを全然引きずっていないので、麦は気が抜けてしまったが、すぐに、やっぱり好きだなぁ……と思った。

爽馬のこういう晴れやかさが、きっと麦は好きなのだ。

「またあんな試合できるといいな」

「うん、今度はコケないように応援するね」

「おう、頼む。そのさ……三田村さん、すっげー試合のこと気にしてくれてるって令二も言ってた」

　爽馬が照れくさそうな目をしたので、麦はドキッとした。

　令二くん、ちゃんと仕事をしてくれたんだね。

　今度、お姉ちゃんのお菓子を持っていってあげよう、と思ったとき。

「三田村さんって、野球好きだったのな！　知らなかったよ」

　爽馬に全開の笑顔で言われて、がっくりしてしまった。

　あ……ダメだ、全然伝わってない。

　それとも令二の伝えかたが悪かったのだろうかと、同盟者に不信感を抱いたままうなだれたとき。

　焦げたお砂糖とバターの香りが鼻先をかすった。

　あれ？　この匂い。

「これ、昨日頑張ってもらったお礼な！」

　爽馬が、バターが染みた紙の袋に入れて差し出したのは、クイニーアマンだった。

「って言っても、昨日母さんのお使いで三田村さんの姉さんの店に寄ったときに、『たくさん作りすぎちゃったから、みんなで食べてね』って、もらったやつなんだけど、『麦も大好きなのよ』って言ってたから、持ってきた」

爽馬の気持ちは、とても嬉しい。

姉の愛情もとても……。

「おれ、三田村さんが病院へ行ったたって聞いて気になってて。カタリベさんに様子を訊いたら、麦さんはお元気ですが、お部屋でお休み中です、って言ってたから、そのまま帰ったんだけど」

多分そのとき麦は、姉の愛情がこもったクイニーアマンと格闘していた。

手と口の周りをべたべたにして、はらはら落ちる生地をばらまいたあの場所に爽馬を通されたら、今日も部屋に引きこもっていただろうけど。

そういえばお姉ちゃんが、お友達が心配して来てくれたのよって、あれは牧原くんのことだったのか。

お姉ちゃん、恋愛沙汰《ざた》に疎いから、あたしが牧原くんのこと好きだって知らないんだろうけど……。

カタリベさんは感づいている気がする。あの人なんでも知ってるから。だったら牧原くんが来たって教えてくれてもいいのに、わざと黙っていたんだ。やっぱりあの人、お姉ちゃん以外には意地悪だ。

爽馬は笑顔で、麦にクイニーアマン入りの紙袋を差し出している。

麦はそれを、

「……ありがとう」

顔にどうにか笑みをはりつけて、受けとったのだった。

さらに、この喜劇めいたストーリーには続きがあって、令二からスマホに、休み時間に屋上へ来るよう呼び出しがあって。

そこで渡された紙袋からも、バターと焦げたお砂糖の香りがただよっていて、開けてみたらクイニーアマンだった。

「昨日買いすぎたから、やる。好物だったろ。ぼくはこんなカロリーがバカ高いやつ、食べないし」

きっと令二なりに気をつかってくれたのだろう。

麦が失敗して落ち込んでいると思ったから、それで。

ちょっと感動したけれど、でも、できれば別のお菓子にしてほしかった。ゼリーとか、シフォンケーキとか、胃に優しそうなやつ……。

「うん、あたし、お姉ちゃんが作ってくれるお菓子で、これが一番好きなんだ。覚えててくれたんだね、ありがとう」

「覚えていたくなくても記憶力がいいんで、一度見たり聞いたりしたことは忘れないだけだ」

「それでも、ありがとう。あたしも今度なにかお返しするね」

「お姉さんに、ぼくのこと根回ししといてくれよ。ぼくだって爽馬に麦のこと売り込んでおいてやったんだから」

「うん」

あまり効果はなかったけれど。

紙袋を受けとると、ずっしり重かった。

これはひとつではなく、二つ分だなぁ……。普通、クイニーアマンはひとつ食べればじゅうぶんだと思うのだけれど、姉は皿に三つ盛りつけて寄越したし、麦はよほど大食いだと思われているのだろうか。

仕方がない。冷凍して少しずつ食べよう。自宅の冷凍庫だとお姉ちゃんが見るだろうから、隣のマンションに住んでいるカタリベさんの部屋の冷蔵庫を借りて。

ついでに嫌みのひとつも言ってやろう。

あ、でも、あたしがカタリベさんの部屋に出入りしてたら、お姉ちゃんが誤解して、またおろおろしちゃうかな。


そもそもカタリベさんとお姉ちゃんって、仕事以外の恋愛感情ってあるのかな。

お姉ちゃんがカタリベさんに片想いしているのはバレバレだし、カタリベさんのことすごく信頼していて、カタリベさんもお姉ちゃんにはめちゃくちゃ優しいけど……。

春に、語部が店に来たばかりのころ、『仕事以外では私に近寄らないでください、そして私に一切話しかけないでください』と言われたのだと、姉が暗くなっていたときのことを、また思い出す。

カタリベさんは、あんなにお姉ちゃんに甘いのに、どうしてそんなこと言ったんだろう。

それは語部の素性とともに、麦の中でいまだに大きな謎である。

二階のお姉ちゃんの部屋のベランダと、カタリベさんのマンションの窓のとこで、しょっちゅういい雰囲気で話しているけれど、あれは『仕事以外』じゃないのかなぁ。お姉ちゃんもカタリベさんも、思いっきりパジャマとガウンとかだったりするけれど。

それにこの前も――。

閉店後の厨房で、姉がピアスのキャッチがゆるんだのをしめなおそうとして、なかなかうまくゆかずに、もたもたしていたら、語部が後ろからすっと近づいて、キャッチをしめてあげていた。

長い指が、赤く染まった姉の耳たぶに優しくふれていて、姉は恥ずかしそうに、けれど嬉しそうに目を伏せていて。

姉からは語部の表情は見えなかっただろうけれど、麦の位置からはしっかり見えていて——なんというか、大切でたまらないものにふれているような——そんな優しい顔をしていた。

麦までドキドキしてしまって、二人に声をかけることができなかった。

あのままラブシーンに突入したら、どうしようかと思っちゃったよ。つきあってもいないのに、ああいうことする？　なのに近寄るなとか、本当に意味がわからないよ。あの二人、距離感がおかしい。

紙袋からただようクイニーアマンの甘い香りをかぎながら、姉とストーリーテラーの奇妙な関係に思いをはせ、そろそろ授業がはじまるから教室に戻ろうとしたとき。

「待てよ、まだ話が終わってない」

令二がシリアスな声で麦を呼び止めた。

顔を向けると、声と同じくらい険しい顔をしていて、どうやらクイニーアマンはついでで、令二が麦をわざわざひとけのない場所に呼び出した本題は、ここからだったのかと気づいた。

令二くんの話って、なんだろう。ずいぶん怖い顔してるけど。

緊張する麦に、令二が言った。

「やっぱり語部はとんでもないやつだぞ。あいつ、犯罪者だったんだ」

第六話

進化と決別のミゼラブル

Episode 6

麦が夏休みに入ったころ。姉がシェフを務める住宅地の小さな洋菓子店は、かつてないほどざわついていた。

常連さんたちが入れ替わり立ち替わりやってきては、心配そうに言う。

「ニュースを見たわ、語部さん。お義父《とう》さまが大変なことになっていて。語部さんはお店でケーキを売っていて、大丈夫なんですか？」

「週刊誌に掲載された写真がネットで拡散されてて、あれ、やっぱり店員さんなんですね！　大丈夫なんですか？」

「か、カタリベさんっ、僕、ヨシヒサくんから連絡もらってびっくりして。ヨシヒサくんも、カタリベさんは大丈夫かって心配してて」

爽馬たちもやってきて、

「カタリベさん、ここにいたらヤバいんじゃないですか？」

「警察につかまっちゃうんじゃないの？」

「どこかに隠れたほうがいいんじゃ」

と心配する。

みんな語部に、世間ではあんなに騒ぎになっているのに、ケーキ屋でのんきに接客などしていて大丈夫なのかと尋ねるが、語部はそのつどやわらかに微笑み、涼やかな声で答えた。

「ご心配くださりありがとうございます。ですが、私に後ろ暗いところはひとつもございません。警察のかたもそれはよくご存じかと思います。私が警察に出頭するとすれば、それは悪事の当事者ではなく、証人としてでございます」

「また、スクープ誌に掲載された私の写真が、ネットで拡散されているとのことで、私も拝見しましたが、ずいぶんと写りの悪い、古い写真を使われているようで。髪型も違いますし、知り合いでもなければ私とはわからないでしょう」

「もし『似ていますね』と言われましたら、さようでございますね、世間には似た人間が三人いると申しますからとでも、答えておきます」

「幸い、あちらとは苗字も違います。以前の仕事では、対外的にあちらの姓を名乗っておりましたが、私の戸籍上の実名は間違いなく『語部』でございます」

「私がこちらの店を辞める予定はございませんので、どうぞご安心くださいませ」

みんな納得がいっていないようだったが、当事者の語部本人があんまり平然としているので、それ以上なにも言えないようだった。

先日、学校の屋上で麦に、語部の養父が警察に逮捕され、語部も養父のもとで働いていたことを告げた令二は、スクープ誌に語部の写真が掲載されたあと、わざわざそのページだけ破いて持ってきて、学校で麦に見せた。

——言ったとおりだったろう？　語部は犯罪者だって。ほら、この写真なんて、めちゃくちゃ冷酷そうな顔してるぞ。きっと、これがやつの本性なんだ。

写真の中の語部は今よりも若く、スーツを着て前髪をおろしていた。後ろ髪も少し長めでアーティスト風だ。いかにもエリートで切れ者といった感じの不敵な表情を浮かべている。令二の言うとおり、目が冷たそうだ。そういう写真をわざと選んだのかもしれないけれど。

記事には、大門《だいもん》社長の養子九十九氏も犯行に関与か？　と書かれていた。

大門隆嗣《たかつぐ》は、医療機器メーカーの経営者で、高性能で革新的な商品を次々と発売し、小さな町工場から一代でのし上がり、医療機器業界の寵児《ちょうじ》、病《やまい》に悩む患者の救世主ともてはやされた人物だった。

大門社長は結婚はせず、跡取りとして養子を迎えた。それが語部で、私立の名門高校から、アメリカの有名大学へ進学しマーケティングを学び、弁護士や公認会計士などの資格を取得したのち帰国し、大門社長の片腕となった彼は、ストーリーテラーを名乗っていたという。

企業や商品にメッセージ性やストーリー性を与え、受け手に価値あるものとして伝えるのがストーリーテラーの役割で、つまりストーリーテラーとは広報の統括者であり、企業のコーディネーターである。そういう仕事や肩書きが実際にあることを麦は初めて知った。

大門社長の成功には、ストーリーテリングという名の巧みなイメージ戦略が大いに関係しており、語部は若くして超一級のチーフ・ストーリーテラーとして知られていた人物だったのだ。

カタリベさんが、そんなすごい人だったなんて。

それが何故、姉の店で働いているのか？

あんな不敵な表情で企業相手にその卓越したストーリーテリングの能力を振るっていた人が、何故、住宅地の小さな洋菓子店で、お客さんたちを相手に、やわらかな眼差しで物語を語りはじめたのか。


それは、お義父さんが、商品の効用を偽って販売していたのを告発されたことと、関係があるの？


語部が語った崇高な企業理念も、病気に苦しむ人たちを救う素晴らしい効果をもたらす商品も、偽物だった。

令二は語部も共犯で、悪事がバレる前に自分だけ逃亡して、ケーキ屋の店員として身を隠しているのだと主張した。

早く警察に通報すべきだと。

その翌日には、この騒ぎになったわけだが。

今朝《けさ》の開店前に、麦は令二から聞いたことを語部に尋ねた。

——カタリベさんは、嘘のストーリーを語っていたの？　それで逃げたの？

姉も、なにも聞いていなかったらしい。
驚いている顔で、麦と語部を見ていた。

——お姉ちゃんのことも、だましていたの？

もしそうならば、絶対に許さなかった。
たとえ姉が語部を庇《かば》っても、すぐに店から出ていってもらっただろう。
けれど語部は、揺らぐことのない眼差しで、

——私が、養父のもとで偽りのストーリーを語っていたかと問われれば、はいとお答えする以外ありません。そのせいで、私が養父のもとを去ったことも事実です。

と答えた。
そして、姉が辛そうに顔をゆがめたその瞬間、やわらかく微笑んだ。
謙虚で澄んだ表情が、彫りの深い秀麗な顔に浮かぶ。

——けれど、この店で嘘を語ったことは一度もございません。シェフが作り、私

が語ったストーリーは、すべて真実でした。私はいつも誇りを持って、シェフが作るお菓子たちを語っておりました。


深みのある声で誠実に語られるその言葉は、本当だと思えて。

語部がやってきてから、姉がどれほど変わったか、どれほどの信頼を彼に寄せているかを、麦も近くで見ていて誰よりも知っている。

心配そうに哀しげに顔をゆがめていた姉も、真摯《しんし》な瞳で語部を見つめている。表情が語部と同様に澄んでいる。白い耳たぶで、銀色の光を流し込んだようなピンクの月がやわらかに光っている。

姉は本当に変わった。強くなった。

姉の作ったお菓子をきらめかせたストーリーは、すべて真実だったと語部は断言した。

ならばもう、彼が犯罪者でも悪魔でもかまわなかった。

多分きっと姉も同じだ。


——お店を開けましょう。

姉が微笑んで言うと、語部も目をなごませ答える。

――はい、シェフ。承知いたしました。

――あたしも夏休みだから手伝うね。

麦もエプロンをかけて接客をした。

朝から、ＳＮＳやテレビのニュースを見た常連客が次々に訪れ、狭い店内は込み合い、ざわついていたけれど、姉はいつものように菓子を焼き、語部も普段のとおり丁寧に誠実に接客し、麦も笑顔で仕事をこなした。

「こんなときによく店を開けられるな」

しかめっ面で様子を見に来た令二は、麦がにこにこしながらレジを打っているのを見て、あきれていた。

「麦もお姉さんも、あいつに丸め込まれて、なにやってんだよ」

語部はガラスの仕切りの向こうの厨房で、姉に満月が売り切れそうだと話している。追加できるかと。

姉は笑顔でうなずいている。

「ぼくがせっかく、あいつの正体を教えてやったのに」

「うん、令二くんに先に聞いといたから、あたしもお姉ちゃんも心構えができたよ。

ありがとう」

「っっ、もう知らないからな」

眉をつり上げて言いながら、令二はショーケースや棚の商品を頬をふくらませて見ていて、なかなか去ろうとしない。

令二だけでなく、爽馬たちや他の常連客も、買い物をすませたあとも店内に残っているし、テーブルで相席でイートインしているお客さんたちも、朝から何度もケーキやお茶をおかわりしている。

みんな心配してくれているのだ。

昼間も月が寄り添うこの店に、執事の装いをしたストーリーテラーは絶対に必要な存在で、彼がいなくなることなど考えられないから。

そのとき、ドアが開いて新しい客が入ってきた。

姉と話している語部の代わりに、

「いらっしゃいませ！　ストーリーテラーのいる洋菓子店へようこそ！」

と元気に挨拶した麦は、あ！　と叫びそうになった。

店に現れたのは、五十代半ばくらいに見える男性だった。

襟《えり》の汚れたよれよれのシャツにスラックスという格好で、髪もだらしなく伸び、無精髭《ひげ》を生やし、ひどくやつれている。

なのにぎょろりとした目だけは、ぎらぎらと不遜《ふそん》な光を放っている。

記事に載っていた過去の語部も、こんな不遜な表情をしていた。

そのページに、語部の養父である大門社長の写真も、語部よりも大きく掲載されていて、その人は高そうなスーツをラフに着こなして、明るく自信たっぷりに笑っていた。


この人、カタリべさんのお義父さんだ！


自信たっぷりの笑顔だった写真と違って、口元はむっつりと曲がり、やつれているけれど。この濃い顔立ちや、肩幅ががっしりして筋肉のついた体型や浅黒い肌は写真に写っていた人と同じだ。

令二たちも気づいたようで、店の中がシン……と静まり返る。

ガラスの仕切りの向こうにいた姉と語部も、驚きの表情を浮かべている。姉はすぐ心配そうな顔になり、語部は眉をひそめた。

大門社長は大きな目に強い憎しみを込めて、語部を睨んでいる。

ただでさえ目力があるのだろうカリスマが、その目で相手を射殺さんばかりにむき出しの憎悪をたぎらせている。

麦は背中が冷たくなり、胸がしめつけられ、なにも考えられなくなった。

語部が硬い表情で、厨房から出てくる。

息をのむ麦たちの前で、養父に向かって腰をかがめうやうやしく一礼し、言った。

「ストーリーテラーのいる洋菓子店へようこそ。お客さまは、本日はどのようなお買い物でしょうか」

大門の顔に浮かぶ憎しみが、熱と濃度を増す。

地を這うような低い声で、言った。

「菓子になど用はないっ。おれは――恨み言を言いに来たんだ。おまえの才能を見込んで、施設から引きとって養子にし、高い教育を受けさせ後継者として育て上げた恩人のおれを裏切って、行方《ゆくえ》をくらました息子にな」

抑えきれない怒りが陽炎《かげろう》のように、大門のがっちりした肩から揺らめき出ているようだった。

「なんだ、その格好は？　世界を相手に何百億もの取引をまとめあげていたおまえが、六百円の菓子を売っているとはな。初めて会ったとき、施設のバザーで自家製の野菜を、小学生とは思えないあざといストーリーテリングで売りつけていたころに戻ったようじゃないか？　九十九、おまえは、こんなことがしたかったのか？　こんな都心から離れたせせこましい店で、ちまちまと菓子なんぞ売るために、おれを破滅させせる情報を警察に渡したのか？　おれが築き上げた輝かしいものはすべて、いずれおまえが受け継ぐはずだったのに」

時折息を乱し、声をうわずらせながら、大門が語部を責める。

「おまえのせいで会社は莫大な賠償金の支払いを抱えて、おれは社長を退陣させられ刑務所行きだ。執行猶予《ゆうよ》がついても、社会的には死刑になったも同然だ。全部失った。おまえのせいで全部！」

大門が張り裂けそうなほど、カッ！　と目を見開く。

「何故おれを裏切ったっっ！　九十九っ！」

麦も、姉も、他のみんなも、息をのんで語部を見ている。彼はいつもよりはりつめた表情で、養父の恨みの言葉を浴びていたが、店内をゆっくりと見回し、よく通る声で静かに言った。

「みなさま、大変申し訳ございません。本日はこちらのお客さまの貸し切りとさせていただくため、閉店させていただきます」

◇　◇　◇

令二たちが、本当は出ていきたくなさそうな、気がかりでたまらなそうな顔でぞろぞろと退店し、表に『本日貸し切りのため閉店いたします』と書いたビラを貼って、麦は中に戻った。

これからどうなってしまうのだろう。

姉も、ガラスの仕切りの向こうから、心配そうな眼差しで見つめている。

「どうぞお座りくださいませ。お客さまは菓子に用はないとおっしゃいましたが、当店は洋菓子店でございます。せっかく遠くからお越しいただいたのですから、私からお客さまに、特別なお菓子をご用意させていただきたく存じます」

ゆったりとした語部の言葉に、大門はさらに苛立ちをかきたてられたように吐き捨てる。

「ふざけるな、菓子でおれの機嫌をとれると思っているのか！　菓子などいらん！」

大門の怒声は厨房にいる姉にも届いているのだろう。大門が叫ぶたびに、小さく身をすくませる。

麦も息がつまりそうだ。

カタリベさんはなにを考えているの？

お義父さんは怒っていて、聞く耳もたなそうだよ。どうするの？

わめき散らす大門を、語部が冷静に見つめ返して言う。

「お客さまが私どものお菓子をめしあがれば、今お客さまが知りたいことはすべておわかりになります」

「なに？」

「施設から引き取られた身寄りのない少年が、何故大恩のある養父のもとを去ったのか。そして何故、大門隆嗣というまばゆい太陽が、輝きを失い地に沈んだのか」

「ッッ」

大門が顔をしかめられるだけしかめる。

「いかがでしょう？　私がどんなお菓子を用意し、なにを語るのか、ご興味ございませんか？」

語部が「どうぞ」とおだやかな声で言い、優雅な物腰でテーブルの椅子を引く。

大門は悔しそうに歯ぎしりし、目も依然として恨みでギラギラ光らせていたが、語部の話に興味はあるようで、ドスンと椅子に腰を落とし、足を高く組んだ。

語部が厨房へ行き、姉にひそひそ話しかける。姉は緊張している顔で小さくうなずいている。

シェフが若く美しい女性であるのを見て、大門は驚いているようだった。語部をじっと睨んでいた目を丸くし、コックコートの美女をほうけたように見ていたが、すぐにまた顔をこわばらせ、フンッと鼻を鳴らした。

「なるほど、あの女が、おまえの理由か」

つぶやく声に、さらなる憎しみと苛立ちがこもるのを麦は感じて、首筋のあたりが粟立った。

大門は、語部が警察に不正の証拠を渡して失踪したあと、ケーキ屋の店員として働いているのを、姉のせいだと考えたようだった。

若い美人にのぼせて、才能の無駄遣いをしているのかと。

大門社長が、もしお姉ちゃんになんかしたらどうしよう。カタリベさんは大門社長に、なにを食べさせるつもりなの？

きっとどんなに美味しいケーキを出しても、大門はそれを否定し、毒にまみれた醜い言葉で汚すだろうという不安しかない。

語部が戻ってきて、紙ナプキンの上に銀色のフォークとナイフを並べ、白いティーカップに銀のポットから琥珀色の液体を注ぐのを、麦はいちいち心臓をドキン、ドキン、と大きく鳴らして見つめていた。

ひとつ鼓動を打つたび、体が内側から張りつめ引きつるような痛みがあり、呼吸もますます苦しくなってゆく。

「お客さまは紅茶よりも、コーヒーがお好みと存じあげておりますが、本日お出しするケーキには、こちらのアッサムティーがよく合います。どうぞミルクもお使いください。ただいまケーキをお持ちいたします」

「……紅茶の味なんてわからんし、なんでも同じだ」

毒のある声で言い、大門がミルクをどぼどぼとカップに注ぎ、カップのふちから紅茶があふれそうになる。

そのまま口をつけず、わずらわしそうに横目で見おろしていた。

語部が銀のトレイでケーキを運んでくる。

白い大皿に、白いアイスと干しぶどうが盛りつけられ、ふちを月光のようにやわらかな色合いのクリーム色のソースで囲んでいる。

その中央にあるのは、半月の形をしたケーキだった。目の粗い白い生地と月の色をしたクリームを交互に重ねて層にし、上に純白の粉砂糖を振ってある。見た目は、非常にシンプルだ。

「ミルク風味のバタークリームと、さっくり軽めに仕上げたビスキュイ・ジョコンドを重ねた半月――ミゼラブルでございます」

「バタークリームだって！」

大門が店内に響き渡る声で叫んだので、麦はびくっとした。姉も調理室で同じように身を縮める。

大門は顔を真っ赤にして、激怒している。

「おれは、ガキのころに食わされたバタークリームのケーキがクソまずくて大嫌いだったと言っただろうが！　おれの家は貧乏で、母親が年に一回、クリスマスのときだけ薔薇をデコレーションしたケーキを買ってくるんだが、その薔薇のクリームがろうそくを食ってるみたいな味で、クリスマスが来るたび惨めで憂鬱《ゆううつ》な気持ちになったってな。親が金持ちな同級生の誕生会やクリスマス会には、生クリームのケーキが出たのに、おれの家はバタークリームばっかりだった。大人になって金持ちになったら、二度とバタークリームケーキなんか食うもんか、ステーキやとんかつを毎日食ってやる——そう念じながら底辺からのしあがってきたってな！」

——なんだ、おまえんとこの施設は、クリスマスにバタークリームケーキなんて食わせてんのか。

語部が育った施設のクリスマス会を訪れた大門は、子供たちに配られた、やたらとデコラティブなバタークリームケーキを見おろし、思いきり顔をしかめていたと、あとで語部が姉と妻に話してくれた。

大門とは施設のバザーで知り合い、語部に会いに施設にちょくちょく顔を出すようになった彼は、この日、言ったのだと。

——おれのところに来い、九十九。こんな貧乏ったらしいマズいケーキなんかより、ずっと豪勢で美味いもんを、腹一杯食わせてやるぜ。

——その代わり大人になったら、おまえのストーリーテリングで、おれをもっと金持ちにしてくれよ。

「しかもミゼラブルだと？　そいつはフランス語で、惨めで貧乏ったらしいって意味じゃないか！　今のおれが、そうだって言いたいのか！　惨めで、哀れで、不幸のどん底だって！」

大門は皿をひっくり返しそうな勢いで怒っている。テーブルががたがた揺れ、ミルクティーがカップのふちからこぼれて、ソーサーに広がる。

「こんなもん食えるか！」

「では、おめしあがりいただく前に、私が月から聞いたお話をいたしましょう」

深みのある声が、魔法の呪文を唱えるように店内に広がり、大門が荒らした空気を沈め、浄化してゆく。

まるで嵐のあと、雲の切れ間から月の光が射し込み、静かに地上を照らすように。

「あるところにひとりの少年がおりました」

「少年に父親はなく、母親も少年が二歳のときに病のため他界し、身寄りのなかった少年は、そうした子供たちを集めた施設で育ちました」


それって、カタリベさんのこと？


大門が怒りの表情のまま語部を睨みつけている。

月の光をまとい、やわらかく歌うように、語部が貧しい少年の物語を続ける。

「施設の経済状況は厳しく、食事は近隣のスーパーのあまった食材などを安く分けてもらっておりました。おやつも賞味期限切れのビスケットなどが多く、味もたいそう素っ気ないものでした」

「施設の庭では子供たちが野菜を作っており、自分たちが食べる以外にも、週に一度のバザーで販売しておりました。少年は自分が売る野菜が、どういう味で、どんな性質やエピソードを持つのかを事前に調べ、それを店頭で語りました。それを作ったのが身寄りのない健気な子供たちであることも。少年が売り子をすると、野菜はいつもあっというまに売れてゆきました」

「そんな少年に、ひとりの男性が声をかけてきました。太陽のようにまばゆく豪快で、少々アクのお強いそのかたは、気さくな様子で、おっしゃいました。『たいしたストーリーテリングだ。小僧、おまえは天性のストーリーテラーだなぁ』と」

「ストーリーテラーという言葉を、少年はそのとき初めて知りました。それは物事や品々から物語を引き出し、それをわかりやすく魅力的に語り、輝かせる役割を持つ人のことだと、男性は教えてくれました」

——へぇ、おまえ、語部九十九って名前なのか？　そりゃすごい！　語部ってのは、まんまストーリーテラーのことさ。生まれたときから、神さまにストーリーテリングの才能を与えられてたってわけだな。そいつはおまえ、めちゃくちゃいいものをもらったぞ！

「少年は、その言葉を大変気に入りました。そして、それを教えてくれた男性のことも好きになったのです。少年にとって男性は、まばゆい太陽のような人でした」

大門は懐かしさと苦さが混じる表情で耳をかたむけていたが、その顔にまた強い怒りが浮かび上がる。

そんなこと言って、おれを懐柔《かいじゅう》するつもりか？　結局おまえはおれを裏切り逃げ出したじゃないか、と思っているのだろう。

「男性はちょくちょく少年に会いに来るようになり、将来の夢について語りました。今は小さな町工場の社長だけれど、いずれ世界を相手に仕事をする大きな会社にして、大金持ちになるのだと。そして少年に、その夢を手伝ってみないか、と言ったのです」

——九十九、おまえが、うちのストーリーテラーになるんだ。

「こうして少年は男性の家に引きとられ、ストーリーテラーとしての力をつけるために一生懸命に勉強しました。男性が褒めてくれた『語部』という姓に誇りを持っていて変えることを拒んだため、戸籍上の養子縁組こそいたしませんでしたが、男性は少年にとって紛れもなく強大な庇護者であり、心から敬愛する相手で、彼の夢がまた、少年の夢にもなったのでございます」

「成長した少年は、男性の会社で働きはじめました。次々発売される革新的な商品からストーリーを引き出し、まるで水を得た魚のように生き生きと語ってゆきました。どうすればもっと魅力的に伝えられるだろう。この商品の素晴らしさを大勢の人に届けられるだろう。そう考えて、言葉を選び、コンテンツを組み立て、発信し、それが大きな成果に繋がってゆき、製品を購入した人たちからも感謝されるのは、心の底から嬉しく、わくわくすることでございました」

語部の口元がほころぶ。

カタリベさんはきっと本当に、毎日楽しくて仕方がなかったんだろうなぁ……と麦は思った。

——自分が、この上なく素晴らしいと思えるものを、誇りを持って語ることができる。ストーリーテラーとして、これ以上の喜びはありません。

何故姉の店で働いているのかと麦が尋ねたときに、語部が話していたこと。

大門のもとでストーリーテリングの能力を振るっていたときの語部も、きっとそんな気持ちだったのだろう。

けれど、語部によるマーケティング戦略が成功し、大門の会社がますます発展してゆくなか、主力商品の効用について偽装があるのではないかと訴訟が起こった。

会社は商品に欠陥があることを承知の上で、それを隠して販売していたと。

裁判の一審は原告側の敗訴で終わった。

偽装の明確な証拠がないということで。

また、原告側が欠陥としたものも偶発的なトラブルであり、製品自体に問題はないという結論となり、販売もそのまま続行された。

大門側の完全勝利。

だけど、真実は違っていた。

そのことを、語部は知ってしまったのだ。

「……自分が改竄《かいざん》された資料を渡され、それを本当のこととして語っていたと知るまでは——彼は間違いなく幸せでした」

大門が奥歯をぐっと噛みしめ、顔をゆがめる。

語部が、静かに大門を見据える。

「養父は、おまえが知ったことは胸におさめておくようにと言いました。どこでもやっていることだと。嘘でも、語りかたひとつで事実に変えられると。おまえにはたやすいことだろうと。彼に、それまでどおり偽りのストーリーを語り続けることを要求したのです」

引き結ばれた大門の唇から「……っ」と声が漏れる。彼が今、自分が犯した罪に対して良心の呵責《かしやく》を感じているのか、それともそう告げた相手の潔癖さと、ストーリーテラーとしての高い矜持《きようじ》を忌々《いまいま》しく思い、それを見抜けなかったことを悔やんでいるのか、麦にはわからなかった。

ガラスの向こうで両手を組み合わせて見守る姉と一緒に、血の繋がらない父と息子の対決の行方を見つめている。

「病に苦しむ人たちや、そのご家族は、彼が語るストーリーを信じ、希望が持てたと喜んでいました。彼が罪悪感に耐え秘密を守るなら、あのかたたちも希望を持ち続けられるでしょう。でも、それは欺瞞《ぎまん》であり、不正です」

「彼が、素晴らしいものだと信じて語っていたものは、バターの代わりにラードを使って作ったバタークリームのデコレーションケーキでした。見た目をどれだけ華やかに飾り立てても、舌触りが悪く、油っぽい。あなたがおっしゃるとおり、ろうそくを食べているようなひどい味わいです」

「そのまま養父のもとで、ラードまみれのバタークリームケーキを売り続けることは彼にはもうできませんでした」

「それが彼が、養父の罪の証拠をしかるべき機関に渡し、行方をくらました理由でございます」


テーブルに並べられた紅茶はすっかり冷め、ミゼラブルに添えられていたアイスも溶けていた。大門を見おろす語部は眉を少し下げ、とても哀しそうで。

こんな儚げな淋《さみ》しそうな語部を、麦は一度も見たことがないし、あの語部がこんな表情を浮かべることがあるだなんて思いもしなかった。

だってカタリベさんはいつも、悠然としていたから。

養父のもとを去るまで、一体どれほどの絶望を味わい、苦しんだのだろう？

きっと語部にとって、養父も、彼が作り上げた製品も、喜びを持ってつくすに値するものだったのに。

ガラスの壁の向こうに立つ姉も、切なそうな目をしている。

大門は怒りの消え失せた物悲しい顔つきで語部を見つめ返していたが、ふっ……

と乾いた声で笑った。

　そのままうつむき、自嘲するようにクックッ……と忍び笑いしていたが、やがてぼそりと言った。

「そうか……おれは、おまえにとって偽物になっていたんだな……。そうか……ラードまみれのバタークリームか……。なら、このケーキはおれに似合いだな」

　また浅く笑って、大門がフォークを手にとる。

　バタークリームとビスキュイ・ジョコンドを重ねただけのシンプルな半月のケーキを大きく切り分け、口へ入れる。

　そのとたん、

「！」


　大門の目が、激しい驚きに見開かれた。

　そのままの表情で、ごくりと飲み込み、信じられないというように皿を見おろす。

「なん……だ、これは」

　今、自分が味わったものが信じられず、もう一度確かめようとするように、また大きく切り、フォークにさしたまま口いっぱいに頬張る。

　再び大門の目が大きく開く。

二度目の奇跡が、今、彼の口の中で起きている。

そんな驚きを、顔いっぱいに浮かべて。

もぐもぐと口を動かして飲み込んだあと、さめたミルクティーをごくごくと飲み、はーっと息を吐いた。

皿にはもう、半月の端がほんの少ししか残っていない。

それをまじまじと眺め、ようやく言葉を発した。

「これは……バタークリームでは、ないのか……？」

「いいえ、お客さまがおめしあがりのミゼラブルは、間違いなくバタークリームケーキでございます。ただし、ラードを使わず上質なバターだけを使用して、当店のシェフが丁寧に作り上げた――」

「バター……だけで？」

大門はまだ驚きからさめずにいる。

それほど、子供のころに食べたろうそくのようなバタークリームケーキとは違いすぎていて、衝撃だったのだろう。

語部がゆるやかに言葉を紡ぐ。

「ほんのり塩をきかせたミルク風味のバタークリームと、アーモンドパウダーを加えてさっくりと仕上げたジョコンド――。ミゼラブルは見た目はシンプルですが、作るのに非常に技術のいるケーキでございます」

「保冷ケースから出したばかりの少し固めの状態でおめしあがりいただくのも、バタークリームがお口の中でゆっくりとほどけてゆくさまをご堪能いただくことができますが、今、お客さまがおめしあがりのように、バターが溶けてきた状態でお口へ運ぶと、ジョコンドを巻き込んで、すべてが一度にさーっと、とろける幸福をご体験いただけます」

お味はいかがでしょうか？　と語部が尋ねると、大門はぼんやりしたまま、

「美味かった……」

と答えた。

「濃厚でコクがあるのに、軽くて。甘いのにもたれず、塩もいい具合にきいていて、なによりも口溶けが……素晴らしかった。おれが子供のころに食ったバタークリームケーキと、まるっきり別物だ」

語部が微笑む。

「まだ冷蔵技術が今ほど発展していなかったころ、保存性が高く日持ちのするバタークリームケーキがよく作られておりましたが、コストを下げるためにラードを

混ぜることが多く、そのためお味が悪くなっていたのでございます」

「それからあと、製菓に関わるかたがたが、純粋なバターだけを使った美味しいバタークリームケーキを作るための、努力や工夫を続けてきました」

「そんな長い年月をかけて真摯に作られた、本物のバタークリームケーキを、ぜひお客さまにおめしあがりいただきたかったのです。バタークリームケーキは、本来はこんなに口溶けのよい、美味なものなのだと」

「また、こちらのケーキがミゼラブルと名付けられたのは、バタークリームと合わせるカスタードを作る際に、節約のために牛乳ではなく水を使ったからだと言われております」

「バターを節約してラードで作ったバタークリームケーキと重なりますが、たとえ失敗しても、そうやって地道な工夫を繰り返し、このような素晴らしいお味を、みなさまにお楽しみいただけるようになったのでございます」

「ひょっとしましたら、これさえもまだ進化の途中で、さらに素晴らしいミゼラブルをおめしあがりいただける日がくるかもしれません。そういたしましたらもう、ミゼラブルという言葉自体、別の意味に変わってもおかしくございませんね。たとえば、豊かな、とか、悦び、とか」

なにか考えにふけるように語部の言葉を聞いていた大門が、皿に残ったミゼラブルを、とけたアイスにつけて口に入れた。

ゆっくりと飲み込み、余韻を味わうように目を閉じ、

「……ああ、やっぱり美味いな」

と、つぶやき目を開けたあと、皿に残ったアイスをフォークですくって食べきり、カップのミルクティーもすべて飲み干すと、

「いくらだ」

と尋ねた。

語部がにこやかに答える。

「お代は結構でございます。本日は、私からお客さまへの特別なおもてなしでございますので。次からはお代をちょうだいいたします」

「……刑務所に入っていて、来られんかもしれんぞ」

「一生ではないでしょう。長い人生のうちの、ほんのいっときでございます」

「まぁ、もともと来る気はないが」

大門が立ち上がり、来たときの疲れ切った危うげな様子とは別人のように肩をそびやかし堂々とした様子で、店を出ていった。

まるで語部が語ったストーリーの中で、少年が憧れ慕ったあざやかな太陽のように、威風堂々と。

そのがっしりした大きな背中に向かって、ストーリーテラーはうやうやしく一礼する。

「ありがとうございました。またのお越しを心よりお待ち申し上げております」

◇　◇　◇

一度店を出ていった常連たちは、閉店の三十分前に示し合わせたように、ぞろぞろ戻ってきた。

「え？　なんで？　お店営業してる」

そう言いながら入ってきたのは、週末によくウイークエンドを買いに来る会社勤めの女性で、今日は休日だからか恋人らしき青年と一緒で、その彼も、

「なんか平和っすね」

と、きょとんとしていた。

あざやかな青いカーディガンをはおった主婦のふみよは、

「わたしもう心配で心配で。今日はお夕飯の支度はできないから、みんなでお外でいただきましょうって、夫と娘に連絡したところだったんですよ」

と胸を撫《な》でおろし、息子の爽馬に、

「母さん、心配だ心配だって言いながら、ドーナツ屋のコーヒー六杯もおかわりするから、もう夕飯入んないだろ」

と、あきれられている。

爽馬は麦に、

「話し合い、無事に終わったみたいで良かったな」

と言い、麦の仲良しの里香子と楓も、

「わーん、本当に良かったよぉ、麦。心配しすぎて一キロぐらい痩《や》せちゃったよ」

「戻ってきたら、お店の中が血まみれの惨劇状態で死体が転がってたら、どうしようかと思ったよ」

と抱きついてきた。

シャイで巨漢な会社員も、

「僕も痩せたような気がします。あ、今日の半月、ミゼラブルなんですね！　これ、ミルク味のバターに、ちょっぴり塩がきいたバタクリが最っ高に美味いんですよね。買っていきます」

と言い、わざわざ遠くから駆けつけ、ケーキ仲間の巨漢の男性と合流したという

フラミンゴピンクのノースリーブシャツを着た大学生は、

「大事にならなくてほっとしました。おれもミゼラブルと——満月は蜂蜜レモンのブランマンジェなんですね！　これもいただきます」

とケースをのぞきこんで、わくわくして言った。

令二は唇を尖らせ、やっぱり不満そうな顔をしていた。

語部は常連たちに囲まれて、いつものようにおだやかに、やわらかに語っている。

「ふみよさまのスカイブルーのカーディガン、素敵ですね。そうですか、お嬢さまからのプレゼントですか。よいお嬢さまですね。ヨシヒサさまも相変わらずピンクがお似合いで。はい、ミゼラブルをご用意いたしますね。当店のウイークエンドをお気に召してくださり、ありがとうございます。三日月のサブレの上に甘酸っぱい砂糖衣をかけたサブレシトロンもおすすめでございます」

姉はガラスの向こうで、せっせとお菓子を作っている。

オーブンを開けて、嬉しそうに鉄板をとり出すと、バターとお砂糖、バニラ、アーモンドパウダーの甘い香りが店内にただよってきて、みんなうっとりした表情になる。

姉も鉄板を見おろし、嬉しそうににっこりした。

それを見て令二が悔しそうな顔をしているのが、麦はおかしい。

きっとお姉ちゃんがうんと幸せそうだから、なにも言えないんだね。

あとで令二くんに、カタリベさんはやっぱりいい人で、犯罪者じゃなかったと教えてあげよう。

きっとまた悔しそうな、複雑そうな顔をするだろうけれど。

閉店ぎりぎりまで、みんな店に残って、おしゃべりしていたら、姉が厨房から、ころんとした三日月の形のクッキーをのせた皿を持って出てきた。

甘い香りがいっそうただよい、みんな鼻をすんすんとうごめかせる。

姉がはにかみながら言う。

「今日は、心配して来てくださって、ありがとうございました。当店からささやかなお礼です。熱いので気をつけておめしあがりください」

「わぁ、キプフェルですね！」

ヨシヒサくんと呼ばれているケーキマニアの大学生が、明るい声で言い、他のみんなからも歓声が上がる。

真っ白なバニラシュガーを振った白いクッキーは、手にとるとまだ熱々で、それを口の中に入れると、ちょっと歯を立てただけでさくさくほろほろとくずれてゆき、月の光のように淡くとろける。

「美味しぃ」

「ああ、さくさくだよな」

「形も、ちょっとぽっちゃりな、ころころした三日月で可愛いよね」

「うん」

「焼きたて、美味ぁっ」

「母さん夕ごはん入るかしら、爽馬」

「ヨシヒサくん、このバニラの香りがっ」

「はい、りょうさん。最高です。おれ、次はこれ買いに来ます。この月、お持ち帰りしたいです」


「令二くんもどうぞ」


姉にほんわりした笑顔でお皿を差し出され、令二はほんのちょっと複雑そうな顔をしたが、すぐににっこりし、

「いただきます、お姉さん」

と、つまんで口へ入れ、味がどストライクだったらしく、

「くっそ、うま——美味しいです、とっても」

と身悶えていた。


「キプフェルはウイーンの伝統菓子で、かの有名なマリー・アントワネットが愛したお菓子としても知られております。彼女はパリに輿入《こしい》れした際、故郷のオースト

リアからわざわざ菓子職人を連れてゆきました。ベルサイユ宮殿で、この白く甘い三日月をめしあがりながら、疲れを癒やし、故郷を懐かしんだのでしょう」

歌うように語る語部は、ふわふわした優しい微笑みを浮かべて姉のほうを見ており、姉もまたやわらかに微笑んで語部を見上げていた。

◇　◇　◇

その夜。

麦がお風呂から上がって自分の部屋に戻ると、窓の外から話し声が聞こえた。

ああ、またお姉ちゃんと語部さんが話しているんだな、と思った。

語部は隣のマンションの二階で暮らしており、その窓と姉の部屋のベランダが隣接しているのだ。

以前からパジャマを着た姉と、ガウンを着た語部は、よくそこで言葉を交わしていた。

カーテンに隠れて、隣をちょっとのぞいてみると、思ったとおりパジャマの姉と、ガウンの語部がおだやかに話していた。

姉が皿にのせたキプフェルを語部のほうへ差し出し、語部はそれを長い指でつまみ、口へ運び、満ち足りた表情で目を閉じる。

深みのあるやわらかな声が聞こえた。

「約束を覚えていてくださったんですね。今夜はたまらなく人恋しかったんです」


約束って、なんだろう?


姉も恥ずかしそうな、優しい声で答える。

「はい、そんな気がしたものですから」

「私の心をこの小さな月に、何度も助けられていますね。いついただいても、この月は、私の心を甘く癒やしてくれます。年甲斐もなく、まるで月に甘やかされているような気分になるのですよ」

語部の声は、いつにも増して甘い。

まるで深く想い合う恋人たちの語らいのようで。


聞いたらいけないかな、と思っているけれど、こんなところで話していたら聞こえちゃうよ。

「そんな……助けていただいているのは、わたしのほうです。語部さんがお店を続けようと言ってくださらなかったら、わたしは店を閉じてパティシエもやめていました」

えっ！　そうだったの？　そりゃ、カタリベさんが来る前は全然お客さん来なかったけど、お姉ちゃん、そんなこと一言も……。

初めて知る事実に麦が驚いていると、語部がおだやかな甘い声で続けた。

「もしそうなっていたら、私はあのように養父と向き合えなかったでしょう。あなたがお店を続けてくださって救われたのは、私のほうです」

そして、とても大事なもののように姉の名前を呼んだ。

「糖花《とうか》さん」

その愛おしさのこもる優しい響きに、麦までドキンとして、顔が熱くなってしまった。

きっと姉も真っ赤な顔をして、胸を早鐘のように打たせてうろたえているだろう。見なくてもわかる。

普段、語部は姉をシェフと呼び、名前では呼ばない。なのにどういう心境の変化なのか。

お義父さんのことが一段落ついて、気持ちが解放されたとか？

「あの日、この場所で糖花さんに会えたことを、私はとても感謝しております。養父のもとを去った私を、もう一度ストーリーテラーにしてくださったのは、糖花さんでした。糖花さん、私はずっと——」

も、もしかして、お姉ちゃんに告白しちゃうの？　語部さん？

「糖花さんが、非常に苦手でした」

え？

「仕事以外では、視界にも入れたくありませんでしたし、話もしたくありませんでした」

ええ？

「プライベートでは、極力関わらないでほしいと考えておりました」

ええぇ？

「以前に、そう申し上げましたよね」

確かに、語部さんに近づかないでほしいと言われた、わたしは嫌われている、と姉は再三口にしていたけれど。

てっきり姉の勘違いだと思っていたが、これは確かに言っている。麦にもそう聞こえた。

姉はまた半べそになっているに違いない声で、

「は……はい、おっしゃい……ました。それは、はっきり、きっぱり」

と律儀に答えている。

それに対して、語部のほうも真面目な口調で、

「今でも、その気持ちに変わりはございません」

なんと！　また断言した！　今も苦手だと！

「こちらのお店に、私は末永く勤めさせていただきたく思っております。ですのでどうぞ、これまでどおりお仕事以外で私に話しかけないでください」

「……しょ、承知……いたしました」

姉の声はしおれきっている。

てゆーか、さっきまでの超親密そうな、意味深なやりとりは、プライベートな会話じゃないのぉぉぉ？

空に浮かぶ月に、バニラシュガーみたいな薄い雲がかかって、月も麦と一緒に溜息をついているみたいだった。

第七話

ほろほろ甘ぁい
三日月のバニラキプフェル

Episode 7

糖花が、店の前で行き倒れた男性を救助したのは、まだ寒い二月の終わりのことだった。

前日から降り積もった雪が道路を白く埋めつくし、晴れた空から降り注ぐ太陽の光が反射し、まぶしいほどだ。

雪かきをするため外へ出たら、まさに糖花の目の前で、トレンチコートに身を包んだ長身の男性が、雪でかかとがつるりとすべったのか、仰向けに転倒したのだった。

糖花はぎょっとし、慌てて男性に駆け寄った。

「だ、だだだ大丈夫、ですか？」

男性は道路に仰向けに倒れたまま、薄く目を開けて糖花を見て、深みのある声で、

「……あまり大丈夫ではないようです」

とだけ言って、目を閉じ、がくっとうなだれた。

どうしましょう！　まさか打ちどころが悪くてお亡くなりにっ！　いいえ、まず救急車を呼ばなくては。エプロンのポケットから二つ折りのガラケーを出し、慌てて電話をした先が、焦っていたためか警察で、『落ち着いてください、事件ですか？

事故ですか？』と問われて、

「じじ事件です！」

と答えて、のちのちのやりとりをややこしくしてしまった。

けれどあとになって、糖花がひとりでお菓子を売っている店と、糖花自身に起こった、本当にたくさんの出来事を考えると、あれはやはり事件だったのだ。

それも、とびきりの大事件。

それが起こったとき、糖花はガラケーを片手に半泣きで、警察と救急車の到着を待ちわびていた。

そして――。


「先日は、こちらのお店の前で倒れて、ご迷惑をおかけし申し訳ございませんでした。心ばかりのお品ですが、どうぞおおさめください」

三日後に、語部九十九と名乗るスーツにトレンチコートの男性が店を訪れ、日本《にほん》橋《ばし》にあるデパートの店名が入った包装紙がかかったタオルの箱を、両手でうやうやしく差し出した。

「いえ、そんなお気遣いは。わたしこそ救急車ではなく、警察に電話してしまって、傷害事件みたいになってしまって――あの、すみませんでした」

顔をあげられず、丸めた肩をすぼめて小声でぼそぼそと言う。ケーキや焼き菓子を作って売る店を、自宅の一階を改装して、ひとりではじめてからもう四年も経つのに、いまだに他人と話すことが苦手だった。

しかも黒い前髪を無造作に額にたらし、後ろ髪も少し長めの語部は、顔の彫りが深く長身で、男性モデルかアーティストのようで、伸ばしっぱなしの髪をゴムで後ろにくくっただけで、お化粧もまったくせず、おばさんっぽい黒ぶち眼鏡をかけている糖花は、臆してしまったのだった。

顔を伏せたまま、もそもそと箱を受けとり、わたしもなにかお返しをしたほうがいいのかしらと考えていると、男性が、

「いい香りですね」

と、なにかほっとして、なごんでいる様子でつぶやいた。

「私が気を失うときも同じ香りがしていました。あれはこちらのお店の香りだったのですね。ああ、本当にいい香りだ」

さっきまで奥の厨房で、オーブンからとり出したばかりのクッキーの仕上げをしていたところだったから、その香りだろう。

深みのあるやわらかな声で、ゆっくりと語られた言葉が、バターとバニラの甘い香りの中にとけてゆくようで、糖花はぼぉっとしてしまった。

なんて素敵な声をしているのかしら……。

「あの、よかったらめしあがっていってください。ちょうど焼き上がったところな

ので」

そんな言葉が、ほろりと口から出てきたのも、語部の声に気持ちを奪われていたからだろう。

「それはよいタイミングですね。はい、ぜひ」

狭い店の壁際に、ふたり用の木のテーブルがひとつだけあって、椅子が二つ置いてある。語部をそこへ案内し、バニラシュガーを振りかけた、ころころした三日月形のキプフェルをナプキンを敷いた紙皿に盛り、紙コップに入れた紅茶と一緒に運んだ。

語部はトレンチコートを脱いだスーツ姿で、待っていた。全体に茶色っぽく地味な店内で、美男な上に着ているものまでお洒落な彼は、浮いて見える。

イートイン席にお客さんが座っていること自体まれで、背中をいつも以上に丸めて、がちがちに緊張しながらキプフェルを並べた紙皿を置くと、語部はまたなごんでいる様子で目を細めた。

「三日月の形をしているのですね、素敵ですね。そういえばこちらのお店も『月と私』というのでしたね。ケーキ屋さんにしては変わった店名ですが、なにか由来があるのですか？」

「あ、あの……母が、アンデルセンの『絵のない絵本』が好きで」

「ああ、屋根裏部屋に住む画家に、夜ごとに訪れる月が物語を語るのでしたね」

「それでその……わたしも月みたいなお菓子を、みんなに食べてもらえたらと思って」

「月みたいなとは？」

「それはえっと……」

うまく言葉を見つけられなくて、しどろもどろで最後は口をつぐんでしまった糖花に、語部がおだやかに言う。

「きっと、月が静かに寄り添うような、優しくてほっとするお菓子ということなのでしょうね」

そんな素敵な言葉でフォローしてくれた。

「では、この可愛らしい月をいただきましょう」

長い指でころりとした三日月のクッキーをつまみ、口に入れる。

そうして――。

「……」

語部が神妙な顔つきで黙っているので、糖花はもしかしたらお口に合わなかったのではと、はらはらした。

その顔つきのまま、語部はもうひとつクッキーをつまみ、口に入れ、ゆっくり咀《そ》嚼《しゃく》し飲み込んだ。

「……」

沈黙はまだ続いている。

そして、もうひとつ、またひとつ……。

やっぱり美味しくなかったんだわ。無理をしてめしあがっているのかも、ううん、もしかしたら子供会で失敗したときみたいに材料が間違っていて——。

最悪な想像までして、糖花の胃が破れそうになっていたとき。

語部が、ようやく口を開いた。


「月の光を……いただいているようです」


それはどういう意味なのだろうと糖花が困惑すると、語部の口もとがやわらかくほどけた。

「とても美味しいです」

糖花の胸もぱっと明るくなる。

「ありがとうございます」

ぺこぺこと頭を下げると、

「他のお菓子も気になるのですが」

と、語部はショーケースに並ぶ茶色いケーキたちの中から、外がガリッとしていて、中がもっちりしたカヌレや、林檎を焼き込んだタルト、ブラックチェリーのジャムをつめたガトーバスク、バターが染みたフィナンシェなど、いくつも注文した。

それをひとつ口にするごとに、感心している表情になり、これはどういうお菓子なのかといちいち糖花に尋ねた。

糖花はぎくしゃくしてしまって、どれもうまく説明できなかったが、そのたび語部は糖花の切れ切れの言葉を拾い上げ、つなぎ合わせ、

「なるほど、ガトーバスクの表面には、この十字架の模様が刻印されるものなのですか。それぞれが太陽・水・地・火を表現し、自然とともにある人間の生きかたを示しているだなんて、奥が深いですね。表はガリガリと力強く、中はしっとりと豊かで甘い。このガトーバスクには自然の息吹を感じます」

と綺麗に美味しそうに語ってくれるのだった。

まるで語部の言葉で、ショーケースの中でいつも売れ残っている地味な茶色いお菓子たちが、きらきら光をまとっていくみたいで、糖花はドキドキした。

語部が糖花のお菓子を美味しいと褒めてくれるのも嬉しくて、お店を開いてよかったと思った。

「ありがとうございます。来月でお店を閉めるので、その前にこんなにたくさんめしあがっていただけて、嬉しいです」

「お店をやめられてしまうのですか？　それは何故？」

「その……まったく、売れなくて……。ずっと赤字なんです……。わたしももう若

くないですし、就職するにもそろそろ決断しなければと……」

よく知らない人に、わたしは何故こんな話をしているのかしらと急に恥ずかしくなって、顔を赤らめて口ごもってしまうと、語部が涼やかに断言した。

「お店のお品物が売れないのは当然でしょう。ええ、よくわかりますとも」

そこまではっきり、きっぱり言われて、大きくうなずかれて、糖花は「え？」と、つぶやいたまま、かたまってしまった。

「このお店にも、お菓子にも、シェフであるあなたにも——まったくストーリーが見えません。非常に残念なことです」

「あの、ストーリーって、なんですか？」

糖花が尋ねたとき、めったに訪れない客が店に入ってきた。

「い、いらっしゃいませ」

語部に頭を下げ、急いでカウンターの内側に戻る。

四十代の主婦といった感じの女性が、棚に並ぶ箱入りの菓子を眺めている。「どれにしましょう」とつぶやき、糖花のほうを振り向き、

「家の施工でお世話になった会社のかたにさしあげたいのだけど、なにがおすすめかしら？　個別包装で十個くらい入っているものがいいわ」

「えっと、あの……」

急に相談されて、接客が苦手な糖花がへどもどしていると――。

語部が前にたらしていた髪を両手で後ろに、すっとなでつけ立ち上がった。

アーティストのような雰囲気から一転して、清潔なホテルマンのような雰囲気に変わる。

「それでしたら、こちらのフィナンシェの詰め合わせなど、大変おすすめです」

深みのある声で、やわらかに、ごく自然に、語部が女性客に話しかける。

語部が美形だからか、女性はちょっと嬉しそうだ。

「まぁ、そう？」

「はい、フィナンシェはフランス語で、お金持ちといった意味がございます。ごらんのように、黄金色に焼き上がったその色合いや、この形が、金の延べ棒を思わせるからでしょう」

それは先ほど糖花が、語部に説明したことだった。ただしもっと、しどろもどろで、まとまりがない感じで。

「パリ証券取引所周辺の金融街では、縁起担ぎのためにフィナンシェを買い求めるかたがたが店につめかけたそうです」

歌うような語り口調に、女性はすっかり引き込まれている。彼が語るたびに、茶色いフィナンシェが黄金の輝きを帯びてゆくようだった。

「こちらのお店では、フィナンシェに上質なエシレバターをたっぷり使用して、しっかりと焼き上げております。端はかりっと香ばしく、中はしっとりやわらかで、嚙みしめるごとにバターが、じゅわじゅわと染み出してまいります」

「まぁ……美味しそう」

「はい。それはもう、たいへんリッチなお味でございます」

「こちらをいただくわ。十二個入りと、それから自宅用にバラで六個ちょうだい」

女性はお土産用の箱入りだけでなく、自宅用のフィナンシェまで購入し、

「早くいただきたいわ」

と上機嫌で店を出ていった。

語部が、優雅に腰をかがめて見送る。

「ありがとうございました。またのお越しを心よりお待ち申し上げております」

糖花はレジで茫然としていた。

眼鏡が半分ずり落ちているが、直す気にもならない。

今、なにが起こったのかしら？

フィナンシェがあっというまに売れて、お客さまがにこにこしながら出ていかれたけれど……。

そして客を送り出した語部は、店の真ん中で何故かぶるぶると身震いしている。

「この感覚……ずっと忘れていました。楽しくて嬉しくてたまらない。体中がぞくぞくします」

熱で朦朧《もうろう》としてテンションがおかしくなっている人のように声をうわずらせ、満面の笑みで糖花のほうを振り向いた。

「お店を続けましょう、シェフ！　私がこの店のストーリーテラーになり、シェフの作るお菓子からストーリーを引き出し、売ります。たった今、ストーリーテラーとしての私の本能が目覚めました！」

糖花は慌てた。

「あの、本能って——うちは人を雇う余裕なんて、それに、来月閉店……」

「続けましょう！　赤字になど絶対にいたしません！　こちらのお店に足りないもの、それはこの私です」

大きな手で肩をつかまれ、晴れ晴れとした表情で言われて、糖花の混乱は加速するばかりで、

「でも、あの、わたし……おばさんだし、就職も……」

「シェフがおばさんなら、私は寝たきりのじいさんです！　店をリニューアルするにあたって、まずシェフ自身に意識を変えていただかなければ」

語部が今度は糖花の腕をつかみ、

「まいりましょう」

と力強い声で言う。

「ど、どこへ？　わたし、こんな格好で。あの、なにを？　あの、あの」

語部は自分が着てきたトレンチコートを、汚れたコックコートの上から糖花にば

さりとかぶせた。

「それを着ていてください。移動はタクシーを使うので、今、どんな姿をされていても気にすることはございません。シェフはこれから生まれ変わるのですから」

生まれ変わる……？

わたしが？

語部が携帯でタクシーを手配してすぐ、店の外でクラクションが鳴った。涼しげなコロンの香りのするぶかぶかのトレンチコートに包まれたまま、あわてて店に鍵《かぎ》をかけ、糖花は語部に手を引かれタクシーに乗る。

辿り着いた先は都心にある会員制のヘアサロンで、

「かかかか語部さん……っ！」

どう見ても自分には不釣り合いな華やかな空間や、お洒落な店員たちに、青ざめ震える糖花に、

「こちらの先生の腕は確かですから。シェフも安心しておまかせになってください。私はのちほどうかがいます」

そう言って、自分は店から出ていってしまった。

ひとり残された糖花は、頭がぐらぐらした。

展開の速さに、ついてゆけない。

今朝もいつものように顔だけ洗って、髪をうしろにゴムでくくって、作業用の

コックコートを着て、厨房で地味なケーキを焼きながら、いっこうに開かないドアを見て溜息をついていたのに。

やっぱり……来月閉店だなぁ。

麦もまだ高校生だし、麦の大学の費用も残しておかなきゃいけないから、これ以上貯金に手をつけたくないし。

店をはじめる前、交通事故で亡くなった両親の保険金として、かなりの額が振り込まれ『これだけあれば自宅でお店もできるよ、お姉ちゃんはお菓子屋さんになるといいよ』と妹の麦に励まされて、夢を実現させてみたけれど、現実は厳しかった。家賃と人件費がかからないので、なんとかここまでやってこられたけれど、ずっと赤字続きで、もう限界だ。

はじめのころはショートケーキやムースなどの生ケーキも作っていたが、一日の終わりに大量に売れ残ったものを廃棄するのが哀しくて、日持ちのする茶色のお菓子ばかりがショーケースに並ぶようになっていった。

——糖花は、本当にお菓子を作るのが好きね。名前に、お砂糖が入っているせいかしらね。

小さいころから自宅の台所でボウルを腕に抱えて、材料を一生懸命に混ぜたり、生地をこねたりしている娘を、亡くなった母は、いつも微笑ましそうに見ていた。

——おかあさん、わたしね、おおきくなったら、おかしやさんになるの。みんなに、わたしの作ったおかしを食べてもらうんだ。

——あら、みんなが糖花のお菓子を買いに来るのね。そしたら糖花は毎日楽しいわね。

——うん！　たのしい！

お店をはじめて……楽しかったことなんて、あったかしら。はじめる前はわくわくして楽しかったし、はじめてからも少しはあったような気がするけれど……思い出せない。

語部がタオルを持って店を訪れたのは、そんなときだった。

あれからまだ数時間しか経っていないのに、糖花は黒いケープをつけられ、サロンのふかふかの椅子に座り、髪をいじられている。
担当についてくれたのは、語部より少し年上くらいに見える男性で、語部は『先生』と呼んでいた。
「綺麗な髪。ただちょっと量が少なくてコシが弱いから、ぺたっとなっちゃうのね。パーマをかけて、ふわっとさせてみましょう。そのほうが、うんと華やかになるわ。お色も黒より、明るい優しい色のほうが似合いそうね」
女性の言葉で話すその美容師さんが、楽しそうにあれこれ口にしながら、糖花の髪に刷毛で薬をつけたり、カーラーを巻いたりしてゆく。

華やかになんて、なるのかしら。

ううん、無理だわ。

わたしは昔からずっと地味だし、麦の同級生の令二くんにも、麦のお母さんかと思ったなんて言われるほどフケているし。

——まずシェフ自身に意識を変えていただかなければ。

語部はあんなふうに言っていたけれど、やっぱりどう考えても無茶だと思う。

こんな立派なサロンで髪を変えてもらっても、わたしが地味なおばさんのままだってわかったら、きっと彼も失望して、店を続けようなんて言わなくなるだろう。

それで全部解決するはずだと思いながら……。

糖花のお菓子を美味しいと言って、あんなにたくさん食べてくれた語部の顔に、失望が浮かぶのを想像すると、胸がズキリとした。

髪の色を変えて巻き、そのあとはさみで全体に軽くカットされ、眉を整え、薄くメイクまでされて、ようやく糖花は解放された。

「眼鏡をかけてみて」

と美容師さんにせかされ、黒ぶちの眼鏡をかけて鏡に映る自分を見た糖花は、驚いた。

鏡の中で茫然とした様子でこちらを見ている女性が、今朝洗面所の鏡で見た自分と、あまりにかけはなれていて。

黒く重かった髪色は優しい色合いの茶色に変わり、すぐにぺたんとする細くてまっすぐで量も少ない髪は、ゆるやかに巻かれ、小さな顔をふわふわと取り囲んでいる。

それだけでも別人のようなのに、上品に整えられた眉や、目の縁に薄くラインを入れ、明るい色を乗せて、普段よりも大きく明るく見える目や、チークを入れてほのかに薔薇色になった頬、リップとグロスで、ふっくら艶めく唇など、自分の顔とはとても思えない。

誰……この人？

ぱちぱちと瞬きをすれば、鏡に映る美女も同じように目をしばたたかせる。口を小さく開ければ、向こうも同じことをする。

「どう？　とんでもない美人になったでしょう。あなた、これだけもとがよかったのに、よくあんな地味でおばさんくさくなれたものね。逆に感心するわ」

美人、わたしが？

確かに鏡に映っているのは、地味な黒ぶち眼鏡をかけていても、きらきらと輝いて見える美女だけれども……。

「今、九十九くんから連絡が入ったわ。下のカフェで待っているそうよ。九十九くんの反応を見たかったから、あがってきてほしいのに。くぅぅ、残念。まぁ、いいわ。早く行って九十九くんを驚かせてあげてちょうだい。あ、お代は九十九くん持ちだから結構よ」

九十九くんというのは、語部のことのようだ。

「そうそう、背中を丸めたり、顔を伏せたりしちゃダメよ。背筋を伸ばして、まっすぐ前を見るの。そうしたらもっと綺麗になれるから」

そんなふうにアドバイスしてくれた美容師さんに、

「お世話になりました、ありがとうございます」

と頭を下げて、ビルの下の階にあるカフェへ入ってゆくと、中にいた人たちの視線が集まった。

みんな、こっちを見ている。

やっぱりどこかヘンなのかしら？

着ているものは語部のトレンチコートで、あきらかにぶかぶかなのを袖まくりして、裾を持ち上げているし。

あの男の人、口をぽかんと開けている。

あっちの人たちは、わたしのほうを見て、なにかひそひそ話している。

背中が丸まりそうになったとき。

語部の姿を見つけた。

テーブル席から、体を少しかたむけて、まっすぐな視線で糖花を見ている。

驚くでもなく、あきれるでもなく、ただ静かに、まっすぐに。

語部さん。

不安な気持ちがやわらぎ、美容師さんに忠告されたことを思い出し、糖花は背筋を伸ばし顔をあげた。

周囲を見ないようにして、スーツを着た長身の男性だけを目指して歩いてゆく。

語部がいるテーブルまで辿り着き、

「お、お待たせしました」

と言って、向かいの椅子に座る。

語部は無言で糖花を見つめている。

「……」

あんまり黙っているので糖花がまた不安になったとき、手がすっとのびてきて、糖花の顔から眼鏡をはずした。

「！」

語部の姿がぼやける。

苦い感じのする声だけが聞こえた。

「弱りましたね」

糖花の体から血の気が引いた。
語部さんは困っている！
やっぱりわたしはまだ、フケたおばさんのままなの？

「本当に、弱りました」

ああ、やっぱり。
そうなることは予想していたはずなのに、期待してくれた語部に申し訳なくて、胸が冷たい石を抱いているみたいに重くなったとき。

「想像したよりも、はるかに美しくおなりです」

糖花は目を見張り、またかたまってしまった。
語部がどんな顔をしているのか、わからない。
でも、わたしは合格なの？

「まったく、シェフはとんでもないストーリーを見せてくださいましたね。きっとシェフの中には、まだまだたくさんのストーリーがあるのでしょう。それを引き出すのが楽しみです」

そう語る声は、胸に染み入るほど優しかった。

「コンタクトレンズを作りにゆきましょう。それから服も新しいものを買いましょう。そうそう、あのサイズが合っていないコックコートもよろしくありません。生地も古くなって、だいぶ黄ばんでおりましたね。これからは、コックコートは作業のための汚してもかまわない服、という観点ではなく、シェフの美しさを引き立てるステージ衣装とお考えください。ラインが美しく、布質も良いものを発注いたしましょう」

どこにしましょうと、語部がハイブランドの社名を並べながら立ち上がるのに、また慌てながら言う。

「あの、眼鏡を」

「こちらはおうちまで私がおあずかりします」

「でも、眼鏡がないと、わたしなにも見えなくて、歩けません」

すると語部は糖花に向かって、うやうやしく左腕を曲げてみせた。

「シェフには私がおります。どうぞ、お使いください」

男の人に腕を借りて歩くだなんて、今朝までの糖花には考えられないことだった……。でも、語部がおだやかな優しい声でそう言ったあと、糖花の手は語部のほうへ自然と伸びていた。

ふれた腕は硬く逞《たくま》しく、糖花の細く頼りない腕とはだいぶ違っていて、この腕ならば小麦粉やお砂糖の大袋も、楽々持ち上げられそうだと思った。

語部が糖花の歩調に合わせて、ゆっくりと歩き出す。

「シェフを待つあいだ、あの店や、お菓子たちから生まれるストーリーをあれこれ考えて、非常にわくわくしておりました。頭の中に次々とアイデアが浮かんで、シェフにも早くお話ししたくて仕方がありませんでした」

生き生きと嬉しそうに語る彼は、夏休みに入ったばかりの小学生のようだった。

「聞いていただけますか？　シェフ」

語部の興奮が糖花にも伝染したみたいにときめきながら、糖花は恥ずかしそうに微笑んで、

「はい、ぜひ」

と答えていた。

◇　　◇　　◇

コンタクトレンズをつけ、エレガントなブルーグレーのカシミアのニットに、光

沢のあるパールホワイトのロングスカートをはいて帰宅した姉を見て、妹の麦は、

「え！　お、お姉ちゃん？」

と目を丸くした。

服や眼鏡が変わっただけではない、髪型も違う。メイクもしている。

最初は、どちらさまですか？　と言いたげにぽかんとしていたので、糖花が「た、ただいま、麦」と言わなければ、気づいてもらえなかったかもしれない。

「どうしたの！　お姉ちゃん！　なにがあったの！　こっちの男の人は誰？」

姉の隣に立っている高そうなスーツを着た長身の男性に、麦の視線が向く。糖花が異性と一緒にいるだなんて、それだけで普段の糖花を知る妹には驚きのはずだ。

さらに麦を仰天させることを、糖花はおずおずと告げた。

「えっと……この人は語部さんと言って、うちで働いてもらうことになったの」

「はじめまして、シェフの妹さんですね。このたびこちらのお店をストーリーテリングさせていただくことになりました、ストーリーテラーの語部九十九と申します。どうぞよろしくお願いいたします」

麦は声をつまらせたまま目を白黒させていたが、とりあえず最初に浮かんだらしい疑問を、いぶかしそうに口にした。

「……ストーリーテラーって、なんですか」

それから店の改装、新しいパッケージの発注や新メニューの作成と、春は桜を眺める暇もないほどめまぐるしく過ぎていった。

リニューアルのための資金を、麦の大学進学のためにキープしておいた貯金から出すことを糖花はためらったが、

「あたしなら奨学金をもらってもいいし、大学生になれば割のいいバイトもあるから、気にしないで。あたしはお姉ちゃんのこと応援してるから、お金の使い道は、お姉ちゃんに任せるよ！」

と麦は言ってくれた。

また語部は、

「私がいるのですから、絶対赤字など出しませんし、投資した分はすぐに何倍にもなって戻ってまいります」

と断言した。

あまりにも自信たっぷりなので、この人が詐欺師で騙《だま》されているのだったらどうしようかと心配になることもあったが、改装工事は着々と進み、語部が資金を持ち逃げして行方をくらますこともなく、それどころか隣のマンションに引っ越してきた。

桜の花がすっかり散ったころ、糖花が店の二階にある自宅のベランダからパジャマを着た姿で、月を見上げて、

「桜は散っちゃったけど、お月さまはいつも一緒ね。わたし、まだ頑張ってるよ。見ていてね」

とつぶやいていたら、艶のある声が答えた。

「はい、おそばで拝見させていただきます」

月がしゃべった！

びっくりして冴えた光を地上に投げかける月を、まじまじと見つめたが、声は空ではなく、糖花のすぐ隣から聞こえてくる。

「どうぞシェフのストーリーを、私に見せてください。私はそれを語ります」

声のするほうへ顔を向けると、隣接するマンションの窓辺にガウンを羽織った語部が立っていて、しれっとした顔で、

「ご挨拶が遅くなり申し訳ございません。こちらに引っ越してまいりました。やはり職場に近いほうが、便利ですから」

と告げたのだった。

唖然とする糖花に、

「少しお待ちください。シェフにお渡ししたいものがございます」

と言って部屋に一度引っ込み、すぐに銀色のリボンのかかった小さな青い箱を持って戻ってきた。

「こちらは引っ越しのご挨拶と、お店のリニューアルオープンのお祝いをかねて、ご用意させていただきました。明日、お渡ししようと思っていたのですが、どうぞお受けとりください」

「え、いいんですか」

「はい、もちろんでございます」

語部がやわらかく微笑む。

先日、糖花は語部から、仕事以外では私に一切話しかけないでください、近寄りもしないでくださいと真顔で告げられたばかりだった。

糖花は真っ暗になったが、語部はそのあとも糖花に普通に話しかけてくるし、近寄るなと言いつつ、自分から隣に引っ越してきて、リボンのかかったプレゼントまでくれようとする。

「でも、語部さん、仕事以外では話しかけないようにって……わたしがいただいてしまって、本当にいいんでしょうか」

「これもお仕事の内でございます」

と語部が涼しげに断言する。

どこまでが仕事で、どこからがそうでないのか、糖花にはまるでわからない。けれど語部が用意してくれたのだからと、リボンのかかった小箱を受け取った。

「開けても……いいですか」

「はい」

銀色のリボンに月の光があたって、きらきらしている。それをほどいて、青い箱を開けると、月の光を流し込んだような、ほのかに銀色がかったピンクの三日月が二つ、並んでいた。

ピアスだ。

三日月の形にカットされた石が、可憐《かれん》にきらめている。

「可愛い……」

「シェフは美しく才能もおありなのに落ち込みやすいので。ここしばらくまたうなだれていらっしゃいましたね」

それは語部に近づくなと言われたからなのだが、どうやら彼のほうにその自覚はないようで、いや、語部のことだから知っていてとぼけているかもしれないけれど。

「なのでそれはお守りです。いつも月とともにあると思えば、勇気がわいてくるでしょう。一晩自転車を漕いで帰宅された朝に月が浮かんでいるのを見て、シェフが勇気づけられたように」

糖花が話したことを語部はちゃんと覚えていてくれて、このピンクの月を選んでくれたのだと思ったら、胸がほっこりとあたたかくなった。

「ありがとうございます。わたし、まだピアスホールを開けていないのですけれど」

「では開けましょう。ピアスならイヤリングのように調理中に落とす心配もないでしょうから」

「はい、そうします」

糖花がピアスホールを開けていないことを、語部は知っていただろう。なのにペンダントでも髪飾りでもなく、ピアスを贈った。

そんな強引なところが彼にはあって、でも、とても優しくて、糖花のことを仕事のパートナーとして尊重し、気遣ってくれもする。かと思うと、わけのわからないことを言い出して糖花を落ち込ませたり、それでもやっぱり優しくて。

月は空から糖花を見守ってくれるけれど、語部は隣でやわらかく微笑んで支えてくれているような気がして。

三日月のピアスを箱に戻し、それをパジャマの胸に宝物のように抱いて、糖花は言った。

「わたし、こんなによくしてもらって、どうお返しをしたらいいのか」

語部が店を訪れたあの日からずっと、勇気や、情熱や、希望や、ときめきや、その他にもたくさんのものをもらっている。

「シェフがこれから私に見せてくださるすべてのストーリーが、私にとって最高のお返しです」

そう答えたあと、語部は静かに微笑んだまま目を伏せて言った。

「でも、そうですね。ひとつお願いしてもよいでしょうか」

「なんでもおっしゃってください」

糖花が身を乗り出すと、口元をほころばせたまま、まっすぐな澄んだ瞳で糖花を見つめた。

「ときどき私が、どうしようもなく淋しく人恋しくなったときは、シェフが私に月をくださいますか？　お店で初めてシェフの作られた月を、いただいたときのように」

糖花もはにかんで答える。

「はい、いつでも」

語部が目を細める。

端整な唇が、さらに笑みこぼれる。

「ありがとうございます。私にとって太陽の光はまぶしすぎて、今はおだやかな月の光を心地よく感じております」

建物の隙間から見上げる空には雲もなく、優しい月があわあわと光をにじませている。

今日も明日も、その次の日も、月は地球に静かに寄り添っている。

「新しいお店には、月の魔法をかけましょう。シェフのお菓子と、私のストーリーテリングで」

歌うような声に耳をかたむけている糖花の手の中には、銀色の光をまとったピンクの三日月があった。

エピローグ

Epilogue

「カタリベさんはなんでお姉ちゃんに、仕事以外では近寄るな、なんて言ったの？　しかも今でもその気持ちは変わりません、なんて念押しまでしちゃうし」

大門が店を訪れた数日後の、開店十五分前。

姉が二階の自宅に用事があって、店の中に語部と二人きりになったとき、麦は直球で訊いてみた。

「聞こえておりましたか」

語部が苦笑する。

「聞こえるって。窓開けたら完全に筒抜けだからね。次から気をつけたほうがいいよ。あたしだって困るんだから」

「大変失礼いたしました。今後は注意いたします」

語部は真面目くさって言ったけれど、実際はどうだか。

「で？　どうなの？　お姉ちゃんのこと」

話をそらそうとしてもダメだからね、と口を尖らせてじっと見つめると、語部は麦が拍子抜けするほどあっさり答えた。

「単に苦手なのです。変身した糖花さんが、あそこまで私の好みをすべて体現したような女性だとは大誤算だったので。非常に弱りました」

え？　それって。

「私はこれでも女性の理想は大変厳しく細かく、ストライクゾーンは顕微鏡で拡大しなければ見えないほどに微細で、そうしたかたに出会うことは現実では一生ないだろうと思っていたのが、あの日、理想そのままの女性が、私に向かって歩いてきたのですからね」

この人、自分がなにを言っているかわかっているのだろうか？

「これから仕事のパートナーになるかたに、そのような感情を抱いては、仕事にも差し障りが出るでしょう。しかも糖花さんは、あんなにお綺麗なのに、自分は男性からモテないと思い込んでおられます。そんな彼女に、私が首ったけだと知られたら、向こうも私のことを意識して、好きになってしまうではありませんか。そうなれば相思相愛です。困ります」

照れもせず真面目な顔で熱弁を振るう語部を、麦はあきれはてて見ている。

「……前にお姉ちゃんに、さばさばして明るくて、おしゃべりで、大声で笑う溌剌とした人がタイプだって言ったのは？」

「もちろんフェイクです」

語部がきっぱりと言う。

「私の好みは、奥ゆかしく感受性の豊かな、繊細で物静かな女性ですから。そんな弱い部分もある女性を、私が全力で支えたいと思ってしまうのです」

「……まるきりお姉ちゃんだね。ごめんね、あたしおしゃべりで能天気で、カタリべさんの好みじゃなくて」

後半、麦がぼそぼそとつぶやいた言葉を語部はスルーして、

「そうなんです。お姿だけでなく、内面もこの上なく私好みなのです、糖花さんは」

といっそう熱く語り、と思ったら手で顔をおおって溜息をついたり。

「私の妄想の中にしか存在しないと思っていた女性が、目の前で恥ずかしそうに微笑んだり、優しい声で話されたり、もじもじとうつむいたり頰を染めたりしているというのに、抱きしめることもできないなんて、これは天が私にくだした試練なのでしょうか」

カタリべさん、お姉ちゃんのこと、抱きしめたいと思っているのっ!?

麦の頰が、かあっと熱くなる。

「しかし、同時に糖花さんは、私が最大の敬意を持ってつくすべきかたでもございます。糖花さん自身にも、糖花さんが生み出すストーリーにも私は魅せられていて、そのすべてを引き出し、私が語ることでさらに輝かせたいと強く願っています」

語部が顔をあげ、真摯な眼差しで言う。

「私は、今の私が好きです」

微笑んで、やわらかな声で。

「この職場は私にとってとても好ましい、心安らぐ場所です」

麦の心にも、爽やかな風が吹き込んできたようだった。

そうだね、『月と私』には、お姉ちゃんとカタリベさんの両方いなきゃだよね。

姉が語部に会って変わったように、語部も姉によって新しい彼になったのかもしれない。

お互いがお互いをなくてはならないものだと思っている。それはとても素敵なことで……。

語部が真面目な顔で続ける。

「だから今、糖花さんとおつきあいをするわけにはまいりません。なので糖花さんにはプライベートでは厳しく接するほうがよいのです」

「でも、しょっちゅうお姉ちゃんと窓辺で、仲良く話してるよね」

「あれは、仕事でございます」

「パジャマとガウンで？」

「私服で、時間外労働をしているのです」

「仕事中も、よく見つめ合ったりしてるけど」

「業務上のアイコンタクトでございます」

あくまで仕事だと言い張り、最後にきっぱり断言した。

「私は今後も、糖花さんへの気持ちを職場に持ち込むことはいたしません。なので麦さんもお姉さんに余計なことはおっしゃいませんように。もし彼女が私に恋をして気持ちを伝えてこられるようなことがあれば、私は情け容赦なく振らせていただきますので」


多分もう手遅れだと思うよ、カタリべさん。


麦の姉はとっくに、この器用に見えて不器用なストーリーテラーに恋をしているから。

姉が店に戻ってくる。

語部にまた近づくな宣言をされてしまって、ここ数日落ち込みモードだけれど、店の中では背筋をピンと伸ばして仕事をこなしている。

きっとそんなところも、カタリべさんの萌《も》えポイントなんだろうな。

「語部さん、今日のリストです。日替わりの満月はクレームダンジュ、半月はライムのヴェリーヌ、三日月はババ・オ・ラムです」

「今日も暑くなるので、グラススイーツはよく出そうですね」

姉と話しているときの語部はなごやかで優しく、語部の言葉に耳を傾けているときの姉はほのぼのと幸せそうで。

美しいシェフと執事なストーリーテラーはつきあっていないけれど、つきあっているようなものなんじゃないかと麦は思う。

姉がいそいそと厨房へ行き、燕尾服をまとった語部が朗々とした声で告げる。

「さあ、開店です！　お客さまをお迎えいたしましょう！」

おまけ～令二の日記

Bonus

×月×日
どうやら、ぼくの戦略は誤りだったようだ。

ぼくが大人になるまで、糖花さんに他の男を近づけないよう、あの手この手で糖花さんの自己肯定感をそいできたのに、なんてことだろう。突然やってきた胡散臭《うさん》い執事が、糖花さんの価値を周りの連中にも糖花さん自身にも、気づかせてしまった。

糖花さんが本当はとびきり美人でスタイルも抜群なことなんて、ぼくはとっくの昔から知っていたし、この世でぼくだけが知っていれば良かったのに。

いけすかない執事が余計なことをしたせいで、爽馬たちは糖花さんを見て、美人だとか芸能人みたいだとか大騒ぎしていた。

それだけじゃない！

あのクソ執事！　ケーキに毒を入れたなんて言ってぼくのことをハメて、最後にしっかり釘《くぎ》も刺してきた。

糖花さんをぼくから守るように背中に隠して、ふてぶてしい笑顔で、まるで、

——私のシェフには今後一切手出しはさせません。

と宣言するように、ぼくの目を見据えた。

やつの、やけに通る深みのある声が、あのとき確かにぼくの脳内に直接響き渡った。

今思い出しても腹が立って仕方がない。

あいつが仕事中の厨房や閉店後の店内で、糖花さんといちゃいちゃしている様子がリアルに浮かんできて、自宅でこうして日記を書いていても、シャーペンを壁に投げつけて地団駄を踏みたくなる。

しかも、ちゃっかり隣に住んでいるだなんて。

ベランダと窓越しにおしゃべりしてるだって？

てか、絶っっっっ対、あいつ糖花さんを口説いているだろう！

×月×日

——令二くんがカタリベさんよりもお姉ちゃんの役に立って、カタリベさんより、もっともっとお姉ちゃんに優しくしたら、お姉ちゃんも令二くんのこと好きになるかもよ。

麦に、そんなことを言われた。

糖花さんが作ったこしょうのビスキュイ（ピリッとして超美味い！）をつまみながら聞いた話は本当だろうか？

カタリベが糖花さんに『自分に近づくな』と言ったって。

糖花さんは、カタリベの好みのタイプではないとか。

あいつが糖花さんに向ける目は、どう見ても好意と下心しかないように感じる。

でも、あいつが糖花さんにそう告げたのなら、糖花さんの性格からして、自分はカタリベに嫌われていると落ち込んでいるだろう。

それは、ぼくにとって好都合だ。

よし、今すぐ店に行って糖花さんに優しくするぞ！

麦をせっついたが「開店中はお姉ちゃんは厨房でお菓子を作っていて、忙しいんじゃないかな。それにお店にはカタリベさんもいるし」と止められた。

確かに、あのいけすかない執事がまた邪魔をしてきそうだ。

×月×日

休店日を狙って、糖花さんの自宅を訪れた。

母さんのお使いで、もらいもののお裾分けを届けにきたと干物のセットを持って。他に洒落た果物でもなかったのかと思ったけれど、仕方がない。それに果物は店で売るほど仕入れているだろうし。


優しく、優しく、優しく。


心の中で自分にそう言い聞かせながら、店の横の外階段をのぼり、二階の自宅のチャイムを鳴らす。麦はこの時間はまだ学校でチア部の稽古をしているから、自宅には糖花さんしかいないはずだ。

期待通り、糖花さんが出てきた。

眼鏡をかけて髪をおろしている。

以前は黒くてぺたんこだった髪は、薄い茶色に変わり、糖花さんの小さな白い顔をふわふわと縁どっている。眼鏡をはずした糖花さんは、とびきり美人だったけれど、眼鏡をかけていても、やっぱりとびきりだし、なんだかほっとする。

糖花さんはぼくを見て、細い肩をきゅっとすぼめて、緊張の表情を浮かべた。ぼくにまた酷いことを言われるのではないかと警戒しているようで――。こんなふうに目をうるませ、眉を下げた気弱そうな顔を見てしまうと、胸がズキッとするのと同時に、もっと泣きそうな顔をさせてやりたい気持ちにかられるが、それはもうダメだ！

カタリベよりも優しくすると、決めたのだから。

母さんからのお裾分けだと伝えると、糖花さんはおずおずと受けとった。

ぼくが、先日持ち帰った焼き菓子が家族にたいそう好評だったこと、ぼく自身も美味しくて手が止まらなかったことを伝えると、最初は驚いているようだったのが、途中から頬を染めて嬉しそうな表情になった。

その顔に、ぼくは思わず心臓が跳ね上がった。


わ……、なんだ、この顔。

いい、すごくいい。めちゃくちゃいい……。


糖花さんに優しくしたら、またこういう可愛らしい表情を見せてくれるのだろうか？　だとしたら今まで意地悪して損した。

糖花さんの嬉しそうな顔をもっと見たい。もっともっと、たくさん糖花さんに笑ってほしい。ぼくだけに笑いかけてほしい。

頭がぼーっとしてしまって、言葉が出なくて、ただただ糖花さんのやわらかな表情に見惚れていたら、糖花さんがまた心配そうな顔になった。

やっぱりまだぼくを怖がっている？

なにか糖花さんをなごませることを言わなきゃ。

けど、なんて？

その髪型似合うね。糖花さんは本当に美人だね。

ダメだ。ストレートすぎるし、糖花さんがイメチェンして美人になったたから手のひらを返してデレデレしていると思われる。

そんなことないのに！

もうずっとずっと前から、ぼくの中では糖花さんが世界一の美人だった。

そのことを、どうやって伝えたらいいんだろう。

頬も額もみるみる熱くなって、赤く染まった顔を糖花さんに見られたくなくて、うつむきかけたとき。


——おや、浅見くんでしたか。

カタリベが部屋の中からしゃあしゃあと現れて、目が点になった。

何故、おまえがいる！

カタリベは燕尾服ではなくシャツとスラックスというラフな服装で、前髪もおろしている。まるで自宅でくつろいでいるような姿で。

てか、ぼくが来るまで、二人でなにしてたんだよ！　いちゃいちゃか？　いちゃいちゃしてたのか？

糖花さんが「令二くんのお母さんから、いただいたんです」と干物を見せて、カタリベが「いいですね」などとうなずいていて、糖花さんが「お夕飯に焼きますね、あじの開きはミョウガときゅうりを入れて冷や汁にしましょう」などと言っていて

——夫婦の会話かよっ！

ぼくは、ものっっっすごく不機嫌そうな声で、じゃあ失礼します、と言って玄関を出てしまった。

ああーくそっ、糖花さんに優しくするはずだったのに。

途中まで、うまくいってたのに。

ちくしょぉぉぉぉぉぉ！

思い切り地面を足で蹴りつけたら、つんのめってコケそうになった。

麦のやつ、なにが「カタリベさんとお姉ちゃんは、店でいちゃいちゃしているわ

けではないよ」だ。してるじゃないか、店どころか自宅で。

あいつ、やっぱり邪魔！

絶対追い出してやるからな！

帰宅してから、怒りにまかせてぽいぽい口に放り込んだこしょうのビスキュイが喉につかえて、口の中もピリピリひりひりした。

参考文献

「フランス地方のやさしい焼き菓子」大森由紀子　柴田書店
「物語のおやつ」松本侑子　WAVE出版
「おいしいスイーツの事典」監修・中村勇　成美堂出版
「フランス菓子図鑑　お菓子の名前と由来」大森由紀子　世界文化社
「赤毛のアン」L・M・モンゴメリ　訳・村岡花子　新潮社

本書は二〇二〇年十二月にポプラ社より刊行された作品を加筆・修正の上、掌編「令二の日記」を収録し、文庫化したものです。

ものがたり洋菓子店　月と私
ひとさじの魔法

野村美月

2023年10月 5 日　第1刷発行
2024年10月29日　第9刷

発行者　加藤裕樹
発行所　株式会社ポプラ社
〒141-8210　東京都品川区西五反田3-5-8
JR目黒MARCビル12階
ホームページ　www.poplar.co.jp
フォーマットデザイン　bookwall
組版・校正　株式会社鷗来堂
印刷・製本　中央精版印刷株式会社

N.D.C.913/280p/15cm　ISBN978-4-591-17932-1

P8101476

ポプラ文庫好評既刊

スイート・ホーム

原田マハ

香田陽皆は、雑貨店に勤める引っ込み思案な28歳。地元で愛される小さな洋菓子店「スイート・ホーム」を営む、腕利きだけれど不器用なパティシエの父、明るい「看板娘」の母、華やかで積極的な性格の妹との4人暮らしだ。ある男性に恋心を抱いている陽皆だが、なかなか想いを告げられず……。さりげない毎日に潜むたしかな幸せを掬い上げた、心にあたたかく染み入る珠玉の連作短編集。

ポプラ文庫好評既刊

本のない、絵本屋クッタラ
おいしいスープ、置いてます。

標野凪

札幌にある『本のない、絵本屋クッタラ』は店主・広田奏と共同経営の八木が切り盛りする本屋兼カフェ。メニューは季節のスープセットとコーヒーのみだが、育児に悩んだり、自分の今の立ち位置に迷った客が今日もやってくる。名の通り店に本はないが、奏は客の話に耳を傾けると、後日悩みに寄り添う絵本をそっと差し出す。それは時に温かく、時に一読しただけではわからない秘密をもっていて……。

ポプラ文庫好評既刊

縁結びカツサンド

冬森灯

駒込うらら商店街に佇む昔ながらのパン屋さん「ベーカリー・コテン」を背負うのは、悩める三代目・和久。人の悩みに寄り添うパンを焼こうと奮闘する和久が、やがて見つけた答えとは――。しぼんだ心を幸せでふっくらさせる、とびきりあったかな〝縁〟の物語。

ポプラ文庫好評既刊

うしろむき夕食店

冬森灯

不思議な動物とおいしそうな香りに誘われてレトロな洋館を見つけたら、そこが「うしろむき夕食店」だ。〈うしろむき〉なんて名前だけど、出てくる料理とお酒は絶品揃い。きりりと白髪をまとめた女将の志満さんと、不幸体質の希乃香さんが、名物の「料理おみくじ」片手に迎えてくれる。今宵の食事も人生も、いろいろ迷って落ち込むこともある。そんなあなたの心を優しくほどいてくれる物語。

ポプラ文庫好評既刊

初恋料理教室

藤野恵美

京都の路地に佇む大正時代の町屋長屋。どこか謎めいた老婦人が営む「男子限定」の料理教室には、恋に奥手な建築家の卵に性別不詳の大学生、昔気質の職人など、事情を抱える生徒が集う。人々との繋がりとおいしい料理が、心の空腹を温かく満たす連作短編集。特製レシピも収録!

ポプラ文庫好評既刊

四十九日のレシピ

伊吹有喜

妻の乙美を亡くして気力を失ってしまった良平のもとへ、娘の百合子もまた傷心を抱え出戻ってきた。そこにやってきたのは、真っ黒に日焼けした金髪の女の子・井本。乙美の教え子だったという彼女は、乙美が作っていた、ある「レシピ」の存在を伝えにきたのだった。ドラマ化・映画化された話題作。